ハイジ神話

——世界を征服した「アルプスの少女」——

ジャン＝ミシェル・ヴィスメール
川島　隆　訳

晃洋書房

（西尾宇広画）

HEIDI

Enquête sur un mythe suisse qui a conquis le monde

by

Jean-Michel Wissmer

Japanese translation published by arrangement with Editions
Metropolis through The English Agency (Japan) Ltd.

「ハイジの家」（著者撮影）

シュピーリの生家「ドクトルハウス」(著者撮影)

子ども時代へと戻るハイジランドの旅に同行してくれたエドワードに、この本を捧げる

Dans la chaleur du fœhn
Caressant l'alpe,
La Tamina s'écoule
Sous la plume de Johanna
Qui invente une enfant
Pour conquérir le monde.

アルプスを優しく撫でる
フェーンの熱い風に吹かれ
タミーナの川が流れる
ペンを走らせるのはヨハンナ
その手から生まれた少女が
やがて世界を征服する

あの山は、いいことばかりだ。あそこなら、体も心もすこやかになる。そして生きることをまたよろこべるようになるのだ。

ヨハンナ・シュピーリ『ハイジは習ったことを役立てる』

私の人生は、表面的には穏やかで、大したことは何も起きませんでした。でも心の内側では、嵐の日々でした。どう話せば分かってもらえるでしょう？

ヨハンナ・シュピーリの手紙

あらゆる年齢層の読者にとって、すぐれた子どもの本ほど魅力的な読み物は他にあるまい。

アレクサンドル・ヴィネ

本書で言及されるスイスの地名

ハイジ神話――目次

日本の読者のみなさんへ

日本とスイスのあいだには「ラブストーリー」が存在する、と言っても過言ではありません。そして日本人にとってスイスといえば、ほぼ必ず思い浮かぶ名前があります。「ハイジ」！　私の本はもともとフランス語で書いたものですが、『ハイジ』の原作者ヨハンナ・シュピーリはスイスのドイツ語圏の人でしたから、私の本がドイツ語に訳されたことにはそれなりに理由がある——そう言えるとするなら、日本語に訳されたことにも同じくらい理由があると言えるはずです。けれども私にとって、それは驚きの展開でした。

二〇一四年の春、日本はジュネーヴ国際ブックフェアに招待国として特設ブースを出展しました。この機会に、私は川島隆さんとシンポジウムを開き、『ハイジ』原作と日本のハイジ受容について講演しました。ヨハンナ・シュピーリを研究している日本人に出会えたことは、感動の体験でした（シュピーリ研究者は世界的に見ても少ないのです。スイスにさえ数えるほどしかいません）。この出会いのおかげで、私の本の日本語訳を出版するという夢がかなったのです。これもまた、「アルプスの少女」の人気がいかに世界的かを示す例の一つかもしれません。なぜこれほど人気なのか。その理由は多岐にわたるでしょうし、語りだすと長くなります。詳しくはこの本の「日本のハイジ」の章を読んでいただくとして、スイス人と日本人の価値観は重なる部分が大きいです。この点について、川島さんと興味深く意見交換しました。日本とスイスのハイジ人気の前提には、二つの国民が共有している、自然への愛があるのです（川島さんの考えでは、それは「宗教に近い」ものだそうです）。

『ハイジ』をめぐる日本とスイスの「ラブストーリー」には長い歴史があります。今日では、ハイジといえば高畑勲監督のアニメ（一九七四）がすぐ思い浮かぶでしょうし、アニメ版のキャラクターがハイジの視覚的イメージを上書きしています。けれども、日本でのハイジ人気はもっと長い歴史があり、『ハイジ』が最初に日本語に訳されたのは二〇世紀の初頭、一九二〇年のことです。一九二五年には、登場人物の名前を日本語化した訳『楓物語』が出版されました。それ以降、ハイジは日本文化に溶け込んでいったのです。今日までに、三〇以上の日本語訳が出されました。最新のものは二〇一四年の若松宣子さんの訳でしょう。

驚くべきことに、日本では「ヨハンナ・シュピーリ全集」まで刊行されています。世界でも他に例を見ないことです。たとえば、フランス語訳されているのはシュピーリの著作の半分くらいです。いかにも日本的な完璧主義のなせる業《わざ》です！　これはまた、日本人の知的好奇心の強さの証拠でもあります。人気作品『ハイジ』の著者のことをもっと知りたい、というニーズがあったのでしょう。シュピーリはとても尊敬されています。アニメ版の高畑勲監督の言葉を引用してみましょう。「日本社会はシュピーリの物語を切実に必要としていると私は感じたのです」。「『ハイジ』のようなすばらしい作品を世界にプレゼントしてくれてありがとう、とヨハンナ・シュピーリに感謝したいと思います」(Isao Takahata, « Making of the TV Series "Heidi, the Girl of the Alps" », in: *Johanna Spyri und ihr Werk—Lesarten*. Zürich, Chronos, 2004, p. 193, p. 204)。これ以上の褒め言葉があるでしょうか？

今日、大勢の日本人が観光でスイスを訪れます。お目あては美しい風景、有名なアルプスの山々（マッターホルンやユングフラウなど）、絵のような街並み、そして……ハイジです。一九九八年、スイス東部に「ハイジランド」が創設されたのは、おそらく主として日本人観光客の来訪を想定してのことでした。私は毎年、夏になるとラガーツ温泉やマイエンフェルトを訪れます。「ハイジランド」の中心地で、シュピーリが『ハイジ』の着想を得た場所です。大勢の日本人が――巡礼のように列を作って――いわゆる「ハイジ村」めがけて山道を登っているのを見ると、いつも驚かされます。「ハイジ村」には「ハイジの家」という名の小さな博物館があり、小さな土産物屋が併設されています。ついに私自身がそこに足を踏み入れる決心をしたとき、そこに並んでいる「かわいい」グッズ類を見て目を丸くし、あまりにもキッチュではないかと思ったものです。けれども、正直に言って、私はこの場所に不思議な魅力を感じました。すばらしい風景、小説『ハイジ』の成功の秘密、謎に包まれた作者の生涯。すべてが魅力的でした。このとき、私は「ハイジ神話」について本を書こうと決心したのです。

私のエッセイの主眼は、シュピーリの原作小説、つまり一八八〇年と一八八一年に出版された『ハイジ』二部作に立ち戻ることでした（原題は『ハイジの修業時代と遍歴時代』および『ハイジは習ったことを役立てる』です）。『ハイジ』がけっして単なる児童書ではなく、一九世紀のスイス（とヨーロッパ）の社会をリアルに描き出し、教育・心理学・衛生学・観光産業・宗教といった重要なテーマに光をあてる本だという事実を明らかにしたいと私は思っていました。宗教的な要素は、今日ではしばしば忘れ去られ、場合によっては『ハイジ』の新しい版からごっそり削除されていたりします。これは大きな過《あやま》ちだと思います。シュピーリは敬虔《けいけん》なキリスト教徒で、自らの作品のスピリチュアルなメッセージに重要な意味を込めていた作家なのですから。

児童書のベストセラー『ハイジ』は、みんな知っている本と思われがちですが、実際には知られていない面も多いです（たとえば、ハイジはけっして楽しいだけのキャラクターではなかったりします……）。だからこそ、私は自分の本で『ハイジ』の読みなおしを試みたのです。現在の日本では、ハイジといえば高畑監督のアニメのことだという人も多いでしょう。しかし、高畑監督は、日本人の視聴者に合わせて原作を変えなければならないことを承知していました。そして実際、多くの要素を追加したり削除したりしたのです。犬のヨーゼフを追加したことについて、高畑監督はこう述べています。「原作にもセントバーナード犬がいると思っている人が大勢いるらしいので、ヨハンナ・シュピーリに悪いことをしたと気が咎《とが》めています」(Ibid., p. 204)。

私の本を読んでくださった方に、ぜひヨハンナ・シュピーリという作家を（再）発見していただきたいと思います。それだけの価値がある作家です。『ハイジ』と比較するために、（約五〇もある）シュピーリの他の作品を見ていくことも重要だと私は考えました。さらに、あたかも大河小説のように次々と『ハイジ』続編が書かれ、翻案され、改変されていった歴史を見わたし、この「アルプスの少女」の物語とイメージを映画産業やキャラクターグッズ産業が利用してきた経緯についても触れました。

この本では、一つの章が丸ごと「日本のハイジ」に割かれています。これもまた理由のあることです。日本人ほどハイジを深く愛し、熱狂した国民は他にいないのですから。これだけハイジを愛してもらって、私もスイス人作家として嬉しいですし、誇りに思います。一九八三年に私が日本を訪れたときには、このアルプスの少女のことはまだ念頭にありませんでした。もし次に日本を旅する機会があれば、きっとハイジを旅の道連れにしたいと思っています。

二〇一四年秋、スイスのジュネーヴにて

ジャン＝ミシェル・ヴィスメール

はじめに
――神話と夢と拒絶反応――

ハイジの物語は疑いもなくスイスの国民神話だ。この物語はスイス文化に固有のものとされる価値観を伝えているし、この物語を読めばスイス人はそこに自分自身の姿を見出すからだ。そんなにもスイスという国に強く結びついているにもかかわらず、世界各国で受容されて幅広い成功を収めたために、この神話は普遍的なものになった。これは『ヴィルヘルム・テル』の劇のような建国神話ではないものの、ハイジは自分なりのやりかたで伝説級の人物となり、スイスを代表するヒロインの座にのぼりつめている。原作者のヨハンナ・シュピーリはスイスのドイツ語圏の人だが、ハイジという人物は、スイス人が――料理の違いに関して――冗談めかして「レシュティの溝」[1]と呼ぶところのフランス語圏とドイツ語圏の分断を、やすやすと橋渡ししてみせる。ハイジは、とにかくアルプスの山の少女なのであって、その山があるのがヴァー州なのかヴァレー州なのか、ベルン州なのかグラウビュンデン州なのかといったことは誰も気にしない。

ハイジ神話の前では、社会階層の違いや知的レベルの違いも無効化される。ハイジについて本を書こうと思い立ち、そのことを知り合いに言ったとき、相手から――とくに大学関係の友人から――驚かれたり、笑われたり、ややバカにしたような反応が返ってきたりするのではないかと私は少しばかり心配していた。ところが、実際に起きたことは正反対だった。みんな、一瞬沈黙してから、夢みるような表情で過去に思いをめぐらせはじめたのだ。みんな、このアルプスの少女が主人公の本や映画やテレビ番組に夢中になった幸せな子ども時代のことを思い出した。みんなの心の目に、雪に埋もれた山小屋や、おじいさんとヤギ飼いペーターの姿が浮かんだ。原作者について知っている人もいれば、知らない人もいた。ハイジ・シリーズのうち、ヨハンナ・シュピーリが書いたのは最初の二冊だけで、あとの――ハイジが結婚し、母親になり、おばあさんになる――続編は別人の手になるもので、原作の商業的成功に便乗した粗悪な類似品にすぎないことを知っている人は、ごくわずかだった。ハイジの話をすると、よく話が大いに盛り上がった。そんなとき、ヒロインの少女についてたくさん質問されたが、ハイジは金髪で三つ編みだと思っている人がかなり多かった。

「ハイジ」と聞けば、私たちスイス人は畏敬の念を抱き、やさしい気持ちになる。ハイジは国民的な記念碑としてそびえ立ち、神聖にして不可侵で、バカにしたりするのは禁物《きんもつ》なのだ。

したがって、このテーマは取扱注意である。ハイジというキャラクターは、典型的なスイス人の性格とされる秩序や清潔さへの偏執的なこだわりと結びつけられることもあり、あまり評判のよくないスイス的孤立の象徴と見なされることもある。けれども、圧倒的な人気と一種の拒絶反応のあいだで、このアルプスの少女は私たちの子ども時代の記憶およびスイスの理想的イメージにとって特別な地位を占めている。「スイスの子ども」の理想像でありながら、ハイジは日本人にもアメリカ人にも夢をみさせる――こう言ってよければ、とくに大人たちに夢をみさせるのだ。

二一世紀においては、テレビゲームや『ハリー・ポッター』といった強力なライバルの存在があるので、ハイジが自分の地位を守り抜くのは簡単ではない。今日の子どもたちでも『ハイジ』を面白いと思うのだろうか、それともこの物語はもう古びてしまっているのだろうかと疑問が湧くことがある。児童書の分野で新しく書き直されたバージョンの『ハイジ』があいかわらず次々と刊行されているという事実を指摘すれば、この疑問には部分的に答えたことになるだろう。ついでに、ノスタルジーに駆られた親たちがハイジ神話を延命させるために八方手を尽くすだろうことも、おそらくあてにしていい。

＊

私自身が『ハイジ』を読んだのはやや遅く、いわゆる大きな子どもになってからのことで、ザンクト＝ガレン州とグラウビュンデン州に半分ずつまたがる地域が「ハイジランド」と呼ばれているのを知ったのが、そのきっかけだった。その地を訪れる人々は、ラガーツ温泉で湯治して、マイエンフェルトとイェニンスのあいだに広がるブドウ畑を散策し、そしてもちろんハイジの足跡を訪ね歩くそうだ。「ハイジランド」と聞けば否応なく「ディズニーランド」を連想するから、最悪の事態も想定されるわけだが、当地の行政機構は本物志向の賢い選択をして、このスイス東部の美しい地方はアトラクション系遊園地などにはなってはいない。

＊

ヨハンナ・シュピーリに関する文学研究はあまり進んでおらず、研究書や論文はたいていドイツ語で書かれている。まるで、ドイツ文学の専門家でなければハイジの心の秘密に迫ることはできず、せいぜい「ハイジ熱」の現象にしか興味を抱いてはならないかのようだ。[1] フランス語圏の読者にとって幸いなことに、フランス語に訳されているシュピーリ作品も多い。ほとんどが一九世紀末から二〇世紀初頭の訳業で、（『ハイジ』二部作の他は）今日では入手困難になっているが、概して優れた訳なので、この本ではこれらの仏訳を用いた。ドイツ語の原書タイトルは巻末の文献表に記載してある。[2]
私がこの本を書いたのは、とりもなおさず、『ハイジ』という有名な作品を新たに読み直してみたかったからだ。みんなの記憶の中では、小さな女の子がおじいさんといっしょに、それからヤギ飼いペーターといっしょにアルムの山（「アルム」はドイツ語で「牧草地」のこと）で暮らしているイメージが断片的にあるだけで、それ以外にも重要なエピソードや驚くようなディテールがたくさんあったのに、すっかり忘れてしまっている。ダニエル・デフォーの『ロビンソン・クルーソー』とも事情がよく似ている。この小説に関しても、ロビンソンが無人島で暮らすエピソードと、フライデーと最初に出会う箇所ぐらいしか記憶に残っていないという人が多いだろう。

『ハイジ』の原作者シュピーリや、同じ作者の別の作品についても、もっと詳しく知っておいて損はない。一九世紀から二〇世紀への変わり目──『ハイジ』の刊行は一八八〇年──は、そもそも非常に興味深い時代なのだ。工業化が進む社会にあって、人々の心には早くも自然回帰の願望が兆《きざ》していた。

＊

ハイジの故郷《ふるさと》を訪ねるには、私の住むジュネーヴを出発して、スイスをほぼ西から東に横断しなければならない。でも、この国はあまり広くはないし、旅をすれば道中きっと美しい風景を見ることができるはずだ。

第一章　物語の舞台と原作者

Heidi, son décor, son auteur

1　ハイジのおうちはどこ？

ここはチューリヒ空港。ターミナルAとEを結ぶ地下の連絡シャトル。急いで乗り込む乗客たちの、せわしない無数の足音。乗車時間は三〇秒。ポスターに、「ここはスイス——ナチュラルになろう！」と英語で書いてある。さまざまな言語が飛び交う車両は、さながら動くバベルの塔だ。そこに牛の鳴き声が混じる。トンネルの壁面のスクリーンの光が目を射る。カウベルが鳴り、アルベール・アンカーの絵から抜け出してきたような金髪の少女がアルプスの牧場《まきば》を走り、こちらに投げキスをして、また姿を消す。乗客が出口に詰めかける。おそらく彼らの脳裏には、先ほど見せられたステレオタイプ的なスイス・イメージがまだこびりついていることだろう——とりわけ、停車場の壁にでかでかと名前が書かれていた、おなじみのアルプスの少女のイメージが。ただし、ここで私たちが再会したのは、いわば「改訂版」のハイジだ。原作小説の少女よりも年齢が高めで、色っぽい民族衣装に身を包んでいる。ヨハンナ・シュピーリがこれを見ても、誰かは分からないだろう。小説の中の、男の子みたいに日焼けした「ちぢれた黒髪」の女の子は、見る影もない。つまり、原作に忠実であろうとする気はさらさらなく、商業目的と消費者大衆へのアピールを前面に出したイメージなのだ。

もっとも、だからといって誰も困らないらしい。典型的なスイス人の少女といえば金髪だという理由で、私たちの集合的イメージの中のハイジが金髪で三つ編みであるなら、この人気キャラクターを描くときは金髪にするしかない、というわけだろう。「ハイジランド」関係のグッズだけは、がんばって黒っぽい髪の女の子のイメージを忠実に守ろうとしているが、一度できあがってしまった固定観念やステレオタイプを覆すのは難しい。とくに、何十年にもわたってコマーシャルや映画で頭に刻み込まれたイメージは、ちょっとやそっとでは根絶できず、しぶとく生き残る。それに、これは児童文学なのだから、基本的に何でもありだ。細かいことで目くじら立てるのも大人げない。そもそも、伝説上の人物の図像学的イメージは、時とともに移り変わっていくものだ。たとえばヴィルヘルム・テルだって、だんだん筋肉が増えてマッチョになってきたし、どんどんヒゲが長くなってるじゃないか……。

忘れられた人々

原作者のヨハンナ・シュピーリも、イメージの伝わり方という観点では、あまり恵まれているとは言いがたい。姿かたちを歪曲した画像が出回ったりはしなかったものの、その代わり、そもそもハイジ作者であること自体が忘れ去られていることが多いのだ。彼女の小説の登場人物であるハイジは独自の人生を歩むようになり、有名になったが、誰がこの人物を創り出したかという点に読者が関心を寄せることは稀だった。シュピーリが残した約五〇にのぼる他の作品も、今日ではほとんど読まれないし、ほとんど忘れられている。

シュピーリ以外にも、大衆文学や児童文学のジャンルで神話・伝説級となったキャラクターの原作者たちは、似たような運命を歩んでいると言えるかもしれない。たとえば、物語の登場人物であるドン・ファンは、その物語を書いたティルソ・デ・モリーナ、本名ガブリエル・テジェスよりもずっと有名だ。この人はメルセス修道会の修道士で、スペイン文学の黄金時代の最も重要な劇作家の一人だった。児童文学に話を戻すなら、パメラ・リンドン・トラヴァースという名前に聞き覚えのある人がどれだけいるだろうか？　でも、「メアリー・ポピンズ」と言われたら、誰でもすぐピンとくるだろう。ディズニーの実写ミュージカル映画で不滅の名声を獲得した、空飛ぶ家庭教師。オウムの柄《え》のついた傘と魔法のバッグを携え、「スーパーカリフラジリスティックエクスピアリドーシャス」と呪文を唱える。この不思議な子守り女は、今でもブロードウェイ・ミュージカルのドル箱だ。ところが皮肉にも、このキャラクターを生み出した人のことは、私たちの記憶から消えてしまっている。

ヨハンナ・シュピーリの場合も同じことが言えるのだが、P・L・トラヴァースはもっと有名になってしかるべき人だ。『ハイジ』を書いたシュピーリと同様に、トラヴァースは多面的な魅力をそなえた興味深い女性だった。数多くの作家や知識人と交流し、文学的な野心に燃え、強い信仰心をもっていた。『メアリー・ポピンズ』のシリーズを何冊か書き、他にも約二〇の作品を書いた。その作品は再発見される価値が十分にある。

ハイジの住所

文学作品の中に出てくる場所《トポス》が、作品の登場人物と分かちがたく結びつき、しまいには読者の望みにしたがって「現実」になってしまうことが、ときどきある。「マンチャのどこかの村だが、名前は思い出せぬ」――こんな言葉でもってセルバンテスは『ドン・キホーテ』の舞台設定を行っているが、これは未来の読者が聖地巡礼に押し寄せないようにするための予防措置のようなものだ。しかし無駄だった。当地の観光案内所は、「憂い顔の騎士」とその想い人ドゥルネシア姫の足跡をたどろうとする人のために、風車や居酒屋のあいだを通るドン・キホーテめぐりの観光ルートをお勧めしている。ともあれ、文学作品の登場人物に、はっきりした住所が割り当てられていることも少なくない。具体例をお望みだろうか？　メアリー・ポピンズは――空中をふわふわ漂っている最中でなければ――ロンドンのチェリー小路《レーン》一七番地にいる。シャーロック・ホームズの家は、同じ町のベイカー街二二一番地Bだ。ダブリン郊外サンディコーヴのマーテロー塔は、ジェイムズ・ジョイスの小説『ユリシーズ』の冒頭でバック・ミリガンとスティーヴン・ディダラスが言葉を交わす背景に用いられている。マルセル・プルーストの故郷の町コンブレーを訪れた読者が、『失われた時を求めて』の作者と作中の「私」を混同していない、なんてことがあるだろうか？

多くの場合、これらの文学上の住所は実在している。ベイカー街二二一番地Bには本当にシャーロック・ホームズ記念館があるし、ロンドンの地図を見てみれば、チェリー小路という名前の通りが二つあることが分かる（残念ながら、メアリー・ポピンズ記念館はまだできていないようだが）。こうした文学上の住所には――考えてみれば、フィクションの舞台という以上の意味はないはずなのに――大勢のファンが訪れる。彼らはそうした場所をうやうやしく歩いてみて、自分の好きな小説の主人公たちが実際にここで生きていたと固く信じている。

ハイジにも自分の住所というものがある。グラウビュンデン州の僻地の町マイエンフェルトから山を登ったところにある、「デルフリ」の村だ。マイエンフェルトの鉄道駅は一八五八年にできたものだが、小説『ハイジ』の中では、幸せなアルムの山の世界と、（ハイジが苦しむフランクフルトの）都会の世界とを接続するポイントとして機能している。この駅はそれ自体として「神話的」な場所になっているのだ。

断っておくなら、このハイジの住所は最近まで不明だった。はるばる訪れる（とくに日本人の）観光客にとっては残念なことに。彼らはスイスの土地に足を踏み入れるや否や、一つのことしか頭になくなる。大好きな（日本製）アニメで何百回も見た、かわいいお人形さんのような顔のハイジが住んでいた山小屋《ヒュッテ》を一目見たい、という願いだ。そういえば、日本には「日本アルプス」というものがあり、そこには「ハイジの村」があるらしい。スイス料理を食べたり、スイス風の庭を歩いたり、それどころか「スイス式」（！）の結婚式まで挙げられるとか。だが、そんなものは全部劣化コピーでしかない、オリジナルの本物を見たい、とみんな思っているのだ。

ちなみに、マイエンフェルトには一九五三年、実際に「ハイジの泉」というハイジ記念碑が設置された。自然石から彫り出した噴水に、岩の上で身を支えながら水を飲もうと身をかがめる、難しい顔の女の子の姿をかたどった像がくっついている。子どもの手足は大きく、それを観光客たちが触っていく。まるで、サンティアゴ・デ・コンポステーラの大聖堂の前の十二使徒像を巡礼たちが撫でさするように。岩の向かって右側には、一匹の仔ヤギが、

マイエンフェルトの「ハイジの泉」

（著者撮影）

少女と同じくらい危なっかしくバランスをとりながらつかまっている。かわいそうな子どもの鼻は、熱狂的なファンの愛がありがた迷惑になって、もう二回も交換するはめになったらしい！　彫刻家のハンス・ヴァルト＝コラーは、敬意をこめて噴水の皿にヨハンナ・シュピーリの名を刻んでいる。

これでは満足できない観光客の需要を満たすために、スイス当局は何かをする必要に迫られていた。スイスのどの地域が「ハイジランド」を名乗るにふさわしいかについて一悶着《もんちゃく》あったあとで、最終的に一九九七年、ザンクト＝ガレン州のラガーツ温泉と、（ライン川と高速道路を挟んで向かい合う）隣のグラウビュンデン州のマイエンフェルトの町が勝利を収めた。文学的・伝記的な観点からして、まっとうな理由があった。マイエンフェルト（Maienfeld、古い綴りではMayenfeld）の名は、小説『ハイジ』の一行目に出てくるのだ。

　マイエンフェルトという、古くからつづくのどかな小さな町があります。この町の小道を歩き、緑の木のしげる野原をぬけていくと、山々につづく登り口にでます。（I：8）[2]

ヨハンナ・シュピーリは何度もこの地方を訪れ、湯治のために長期滞在した。彼女の残した手紙を検証すると、小説『ハイジ』が書かれたのは、どうやらマイエンフェルト近郊の村イェニンスだったことが分かる。一八七九年の夏、友人のアンナ・エリーザ・フォン・サリス、旧姓ヘスリの家に滞在中のことだった。散歩に出かけるたびに、シュピーリは何かにつけてインスピレーションを刺激されたことだろう。独りきりで山の上に住んでいる頑固そうなおじいさんだとか、小さなヤギ飼いの少年だとかに出会い、そんな現実の人物たちをモデルにして小説のイメージをふくらませたに違いないのだ。

そんなわけで、ハイジが住んでいた家を見つけ出す（というか創り出す）必要が生じた。それが実現したのは一九九八年のこと。マイエンフェルトから一キロほど登り、有名なブドウ畑を通り抜けると、ホテル・ハイジホーフのあたりから、なだらかな坂道が牧歌的な風景のただ中に続いている。道の片側には壮麗なファルクニスの峰がそびえ、反対側にはピツォル山。そちらには「ハイジの道」（小説のクライマックスの場面をたどる看板のある体験コース）が走っている。聖マルガレータ山の急斜面の段地に、プフェファースの修道院がある。バロック様式の建物だ。谷間を見下ろすと、教会の塔やホテルが建ち並ぶのが見える。ラガーツ温泉だ。ゴルフ場も見える――何もかも全部、すばらしい取り合わせだ！

ハイジの聖地巡礼に来た人々の行列は、ゆっくりと前に進んでいく（坂道は少しずつ急になっていく）。大好きなアルプスの少女にとうとう出会えるかもという期待で、みんな張りつめた表情をしている。子どもたちは――もちろん子どもの数が多いわけだが――興奮を隠しきれない様子だ。

「本物」に出会える場所

有名な「ハイジの家」（小屋）にハイジが住んでいたというのは架空の設定にすぎない――もっとも、シュピーリが散歩の途中にこの家を見かけてハイジのお話を思いついた、つまり家が先だと主張する人もいる――のだが、ともあれ観光案内所が配布しているパンフレット（日本語版）には、「オリジナルのハイジの村　ハイジハウスからご挨拶」と書いてある。続いて、「ハイジの村は、人々を一九世紀後半のスイスの山の世界にタイムスリップさせる感動的な時間の旅である」とある。これはもう否応なく、古きよき時代への郷愁がかきたてられる。そして締めくくりの文句はこうだ。「ハイジのそばやベッドで写真を取ろう！」。

デルフリの村の入り口で、これぞまさに本物だ、と思い知らされる衝撃の体験をした。生きたヤギ――紛れもなく本物！――が一匹、丸太の上でバランスをとっているではないか。仲間のヤギが走り回り、ちっとも恐がらずに観光客に近づいてくる。大人も子どもも大喜びだ。「ハイジショップ」では、この土地の重要性からすると品ぞろえ

「ハイジの家」

（著者撮影）

アルムおんじの人形

（著者撮影）

世界中の言語に翻訳された『ハイジ』

なぜか本書『ハイジ神話』も左上に並んでいる．
「ハイジ村」のシュピーリ記念館にて．
（著者撮影）

が少々さびしい気もするが、土産物が販売されている。キッチンタオル、ネッカチーフ、Tシャツ、食器、絵ハガキ、書籍、あと地元の名産品が少し。これらの品々にはすべて「オリジナル」というロゴが入っている。四つの言語での証明書つきだ（英語、ドイツ語、イタリア語、日本語――おや、フランス語が忘れられてるぞ）。つまり、この品物はマイエンフェルトの本物のハイジ村で買ったオリジナルの土産物だ、というお墨つきがもらえる。たとえ日本の芸者の格好をしたハイジ人形などをここで買ったとしても、これはスイス製だよ（たとえば中国製とかバングラデシュ製ではない）と胸を張って言えるわけだ――これだけ念を押されたら、ハイジが本当にここにいたのだと信じるしかないのでは?!

ハイジの家の中

何はともあれ、いよいよ「本物の」ハイジの家に足を踏み入れる時が来た。これはすごい。よくできている。汚れた古い靴が壁際に並んでいる。これを履いて数えきれない吹雪を乗り切りました、といった風情《ふぜい》だ。隣にスキー板、そり、雪靴。どれも民芸博物館のコレクションに入っていても違和感がない。タバコのパイプをくわえたアルムおんじの人形が、木を彫って家具を作っている。テーブルのところでは、等身大のハイジとペーターの人形が座り、石板と学習ノートをのぞき込んでいる（もちろん、隣に座らせてもらって記念撮影するしかない……）。

それから、湿気でボロボロになった地下室を発見。ワインの樽《たる》が並んでいて、つい栓を開けたくなる。上の階に行くと、有名な干し草のベッドのある部屋。書庫には何十冊も本が並べてある。ありとあらゆる言語に翻訳された『ハイジ』の本だ。展示スペースを見て回ると、スピーカーからの音声案内で有益な情報がたくさん手に入る。パネル展示に伝記的なデータが記されており、ヨハンナ・シュピーリの生涯を歴史的に位置づけることができる。ちなみに、あまり幸せな女性ではなかったらしいと分かる。

足に自信のある人は、そこからもっと高い場所——きっかり標高一一一一メートル——に上がることもできる。針葉樹に囲まれた山道をたどり、ハイジのアルムまで登っていくのだ。そこには、おじいさんの家として選ばれた山小屋がある。小説の中で、物語の主な舞台になる場所だ。今ではカフェ＝レストランになっていて、寒さが平気な客のためには小さなテラスも用意されている。ここには何も作り物めいたところはない。幸いなことに、『ハイジ』の舞台とされている場所の大半について同じことが言えるわけだが。山道を登る途中で、物語中のモチーフを再現した木の彫刻に出くわす。なかでも一番印象的なのが、フランクフルトからアルプスの山にハイジを訪ねてきて病気が治る少女、クララの車いすだった。

2 ラガーツ温泉とリゾートホテル

たっぷり感動を味わったあとで、心地よい疲労を感じながらホテルの部屋に戻り、ホッと一息つく。「ハイジ風」の宿に泊まる決心はつかなかったので、歴史のある宿「お城《シュロス》ホテル」に部屋を取っていた。名前のとおり、ラガーツ温泉近郊の城の建物をホテルに改装してあるのだ。すばらしく美しいこの土地に刺激され、「ハイジランド」についてもっと知りたくなった。ハイジ神話の起源について探ってみれば、自分なりのやり方で「ハイジ熱」に参加することにもなるだろうと思った。そんなわけで、ここで小休止を入れて、あまり日常的ではないし格別スイス的というわけでもない話をさせてもらいたい。まずはパナマに話が飛ぶが、あしからず。

お城ホテル

この城は一八九〇年ごろ、アッペンツェルの技師コンラート・ゾンダーエッガーによって建てられた。この技師は「パナマ帰り」と呼ばれていた。有名なパナマ運河の建設に参画し、重要な役割を果たしたからだ。スイスに帰国してから、彼はフランス語の本を書き、この事業で自分がどんな修羅場を体験したかを切々と語った。帰国したとき、彼は大金持ちになっており、エクアドルの貴族女性マリア・アグリッピナ・ズルアーガと結婚していた。

富と名声を獲得したこの非凡な男は、城の温室にさまざまなエキゾチックな植物を植えた。しかし城の建物そのものは、スペイン・バロック様式の建物だったりはせず、角塔や柱廊があり、石壁は表面の粗い切石積みで、質実剛健なスイスらしさを打ち出しつつ住み心地もよさそうだ。インテリアはもっと洗練された雰囲気で、フランス風の家具調度を揃え、アルプスの山のヴェルサイユ宮殿といった趣《おもむき》がある。城に隣接して巨大な庭園が広がり、その一方の端はプフェファースの岩壁に接している。フェーンの風が吹くと、完璧に手入れが行き届いた緑の芝生の上で緑の木々が枝を揺らし、少しずつ色の変わる緑のグラデーションが絶妙なシンフォニーを奏でる。

一九五〇年代、この施設はスイス・ツーリングクラブに買い上げられ、庭園にはバンガローが建ち並んだ。アメリカのモーテルを参考に、新しいコンセプトのホテルが計画されたのだ。宿泊客は一晩か二晩、自分のバンガローのそばに車を停めておけるという仕組みである。似たようなホテルが南スイスのロカルノにも開業した。ところが、観光客にはここラガーツの牧歌的な土地が大人気で、一晩二晩どころか一週間か二週間ぐらい泊まりたいという人が続出した。アメリカ式の休日《ホリデー》はお役ご免となり、お城そのものにプレミアがついた。そして「ハイジランド」が作られたことで、需要はさらに跳ね上がったのだった。

夕刻になると、昔なじみのウェイターが――もう二十年以上もこのホテルで働いている人もいる――やはり昔なじみの客にちょっとした冗談を言って、場を盛り上げる。同じことを何度繰り返しても飽きないようだ（「お客さま、ご注文はお魚でしたよね？　あれ、お肉とおっしゃいましたっけ？　かしこまりました。こちらが本日のお魚でございます。ちなみに焼き加減はレアにしてございます……」。それから一、二、三と数えて銀の皿カバーを勢いよくパッと取る。年齢層が高めの客たちは、こんな冗談にも心から笑う）。

ころあいを見計らって、ホテルのオーナーのツェッテル夫妻が登場する。おしゃれな服装で、健康的に日焼けしている。お客のテーブルを回り、それぞれ相手の言語で挨拶をして、ざっくばらんに——普段とても変わりやすい——お天気について、あるいは明日はどこにハイキングに行く予定かといった話をしていく。ご夫妻は、ホテル経営を完璧にこなすだけでは飽き足らず、夏も冬も、徒歩や自転車で、あちこちの遠足に自ら参加して飛び回っているらしい。いわば「ハイジランド」の歩く広告塔であり、健康とレクリエーションを絵に描いたような存在だと言える。

毎週一回、食事の前に音楽の演奏サービスがあり、八月一日の建国記念日には、アルペンホルンの響きのもとスイス国旗の掲揚が行われる。民族衣装に身を包んで満面の笑みを浮かべたツェッテル夫妻がダンスを披露し、集まった宿泊客は大喜びする。そしてクライマックスには、夫妻の二人の小さな娘が、やはり民族衣装を着て登場する。まさに生きたお人形さんだ。この完璧な理想の「ハイジの国」を象徴する存在として特注しました、といった具合に見える。

間違いなく、このホテルでは時が止まっている。みんないい人ばかり、すてきな人ばかりで、神話的なスイスの永遠の理想像にぴったり合致する場所。すべての宿泊客が、自分はスペシャル・ゲストだと感じることができる場所だ。どんな身の上話でも親身になって聞いてもらえるし、今日のできごとや自分の健康状態についての長話も嫌な顔をされない（特上クラスの老人ホームのように老後を過ごせる場所、と言えば分かりやすいだろうか）。

ラガーツの街並みを縫ってタミーナ川が流れる

（ちばかおり撮影）

ラガーツ温泉

（ちばかおり撮影）

ラガーツ温泉

ラガーツの街中を散策してみると、その印象はさらに強まる。タミーナ川という、モーツァルトの『魔笛』を思い出させる名前の急流が、花を飾った木彫りのバルコニーのあいだを縫って流れている。何もかもきれいで清潔で、むきたてのゆで卵のようにピカピカだ。ゴルフ場に来ると、山の方まで視界が開ける。弾丸のように射出されるゴルフボールが風を切る音や、郵便バスの特徴的なクラクションを除けば、何の音もしない。ライン川沿いに広大な庭園が広がる。教会がいくつか――プロテスタントの教会、カトリックの教会、新福音派の教会が一つずつ――と、喫茶店が数軒と、パン屋が数軒。パン屋ではバター編みパンやナッツタルトや渦巻きパンを売っている。あともちろん、静かなたたずまいの快適そうなリゾートホテルも建ち並んでいる。こんなホテルに一度泊まったら、きっとまたすぐエネルギーを充電しに来たくなるだろう。

ハイジ以外でラガーツ温泉の目玉といえば、新装開店したばかりの大浴場だ。白い壁で巨大なガラス窓の並んだ中央棟は、アラブ首長国連邦の空港ターミナルを思わせる。

この地で温泉の源泉が発見されたのは一二四二年、近くのプフェファースのベネディクト派修道院の修道士たちが狩りをしている最中のことだった。温泉の治癒効果のご利益《りやく》にあずかろうと、今日に至るまで数多くの有名人がラガーツを訪れた。一五三五年にパラケルススが温泉づき医師としてここに来た。宗教改革の指導者ツヴィングリ、哲学者シェリング、作家ヴィクトル・ユゴー、同じく作家の（『モヒカン族の最後』を書いた）ジェイムズ・フェニモア・クーパー、童話作家ハンス・クリスチャン・アンデルセン、哲学者フリードリヒ・ニーチェ、発明家トマス・エジソン、詩人ライナー・マリア・リルケ、作家トーマス・マンやヘルマン・ヘッセなどなど。そしてもちろん、『ハイジ』の原作者ヨハンナ・シュピーリも忘れてはいけない。彼女は母親と息子といっしょに当地に滞在した。

タミーナ渓谷

黄色い郵便バスに乗って、プフェファースの「旧温泉《アルテス・バート》」の停留所で降りると、美しいバロック様式の礼拝堂の隣にある一八世紀の古い館が博物館になっていて、温泉の歴史を知ることができる。そこから山道をたどってタミーナ渓谷の入り口まで行くと、壮大な景色が目の前に広がる。岩肌は湿気でベタベタしており、こんな場所がなぜ健康にいいと言われているのか、やや不思議な気がする。

古い銅版画に、昔の湯治客たちがどうやって渓谷の谷底に下りていたかが描かれている。なんと、ロープに結んだ籠《かご》や網に入って吊り下げてもらっていたのだ。高所恐怖症の人は、はるか下の谷底が見えないように目隠しされていたらしい。湯治客は、硫黄分を含んだお湯が噴き出す穴の中に、ときには六日間か七日間、置き去りにされた。

タミーナ渓谷

（ちばかおり撮影）

中世後期には渓谷の端に木の小屋がいくつか建てられたが、一七世紀にもっと外側に移設された。百年後にようやく、今日も残る湯治施設が建てられたのだった。一八四〇年、木の樋《とい》で源泉のお湯をラガーツ村まで引いてきて、一八五八年に大浴場が建設された。これがラガーツ温泉の本格的な始まりである。

今となっては、タミーナ渓谷の最盛期を想像するのは難しい。その繁栄がもう少し長く続いていたら、もしかしたらヨハンナ・シュピーリが、あの真面目そうな顔のままロープに吊るさ

シュピーリの母，
女性詩人メタ・ホイサー＝シュヴァイツァー

れて、渓流の水しぶきの上をゆるゆると下りていく様子が見られたかもしれない。それどころか、ご母堂のメタ・ホイサー、かの高名なる女性詩人がじつは温泉大好きだったりして、レースのひだ飾りつきのボンネットと厚ぼったい黒いスカートというヴィクトリア王朝風の装いで、カゴに入って空中をぶらぶら揺れていたかも……。しかし実際には一九世紀の半ば以降、ラガーツ温泉が開かれたおかげで、湯治客はそんな苦労をしなくても快適に温泉を楽しむことができるようになっていたのだった。

今日では、岩にうがたれたトンネルを通って小さな洞窟まで行くと、蛇口から出てくるお湯をその場で飲むことができるようになっている。硫黄分の多い、ありがたい効果のある液体は――いわく言いがたい風味だ。持参した水筒に詰めて帰る人もいるが、私としては、おいしいとは口が裂けても言えない。ただ、とても健康にいいような気はする。考えてみれば、ハイジ印の牛乳とかミネラルウォーターなんかも、まあ似たようなものじゃないか?

今日に生きるハイジ

いずれにせよ、「ハイジ」という名前には販売促進効果がある。乳製品、ミネラルウォーター、化粧品、コーヒー、ワイン、チョコレートなどなど、ハイジを謳《うた》い文句にしている商品は数多い。ハイジの顔をロゴに使っている服のブランドまである。ルツェルンの歌手プリスカ・ツェンプは、「ハイジ・ハッピー」という芸名で活動している。アルプスの少女が大好きで、いい人しかいない幸せな世界を夢みているから、だそうだ。

「ハイジ」と聞けば、それはピュアなもの、オリジナルの本物だという気がする。先に挙げたような各種グッズ以外にも、映画産業やアニメ産業がこのアルプスの少女を大いに利用してきた。とくに有名な作品としては、シャーリー・テンプルが主演したアラン・ドワン監督の一九三七年のアメリカ映画、ルイジ・コメンチーニ監督の一九五二年のスイス映画、高畑勲監督の一九七四年の日本製アニメ、カーチャ・ポレティンが主演した一九七八年のドイツ＝スイス合作のテレビドラマなどがある。他にも多くの映像化作品があり、人々の集合的記憶の中にハイジという女の子の面影《おもかげ》を刻み込んでいる。

ここで挙げた例はほんの一部にすぎないが、それを見ただけでも、典型的なスイス人の少女と考えられているハイジがじつは普遍的な性格をもっていることが分かろうというものだ。ハイジはグローバル化の先駆者だとさえ言えるかもしれない。日本人、アメリカ人、スペイン人といった大きく異なる国の人たちが、同じようにこのアルプスの少女に熱狂しているのだから。たとえば、日本のアニメ版が一九七六年にスペインで抗議デモに発展した、という話をどこかで読んだことがある。この番組のテレビ放送に反対するデモなどでは全然なく、逆に、子どもしか見られない午後の時間帯だけではなく、大人も見られるように晩のゴールデンタイムにも放送してくれというデモだったらしい。スペイン領カナリア諸島のとある町の議会では、議員たちが早く帰宅してハイジの活躍をテレビで鑑賞できるよう、会議の時間を短縮していたという。アメリカ合衆国ウィスコンシン州のニュー・グラランスでは、一九六五年から毎年六月に「ハイジ・フェスティバル」が開催されている。このイベント最大の見どころはシュピーリの原作にもとづく劇で、生きたヤギやネコが舞台に登場する。カリフォルニアに旅行に行ったとき、作家スタインベックのゆかりの地として知られるサリナスの町の古本屋で、スティーヴンソンの『宝島』とローラ・リー・

ホープの『ボブシーきょうだい探偵団』の隣に、英訳された『ハイジ』とシャルル・トリッテンの続編二冊が並んでいるのを見つけたことがある——つまり、カリフォルニアの子どもたち、いやアメリカの子どもたちは今日まで、このスイスの少女の物語シリーズを、自分たちの児童文学の古典として読み継いでいるのだ。

ハイジは汲めど尽きせぬインスピレーションの泉で、さまざまな文学作品、映画、テレビドラマ、アニメ、演劇、歌謡曲、ミュージカルなどに形を変えて生きつづけている。少し前、ハイジという名前の高校生が主人公の、現代を舞台にしたテレビドラマを見た(3)。主人公は典型的な現代っ子だが、とてもいい子で自然が大好きという、いかにもハイジ的な性格を同時にそなえてもいる。彼女は毎日自分の山小屋に通い、腹黒い不動産屋の連中と闘っている。

小説『ハイジ』を下敷きにしたもので比較的新しい例として、二〇〇五年から二〇〇七年に公開された二幕のミュージカル『ハイジ』がある。これは、ラガーツ温泉から二〇分ほどのところにあるヴァーレン湖の美しい自然を背景に上演され、大きな成功を収めた。ブロードウェイにもひけをとらない高いレベルの歌と演技もさることながら、ショーン・マッケナの脚本がすばらしかった。この脚本は、アルプスの少女の物語をヨハンナ・シュピーリの人生の物語に巧みに織り込んだものだった。演出はヨーン・ハヴとシュテファン・メンス、音楽はスティーヴン・キーリングが担当。このミュージカルの功績は、スイスが誇る「アルプスの少女ハイジ」という物語が、たとえばスイスの山の民間伝承などではなく、一人の女性によって書かれたものであることを目に見えるようにした点にある。彼女は学問研究の世界ではたいてい黙殺され、一般大衆からも忘れ去られているが、きわめて複雑かつ魅力的な人物だった。同時代の数多くの作家や芸術家と交流した、一つの時代の証人とも言うべき存在だったのである。

3　ヨハンナ・シュピーリ
――複雑な人物像――

「ハイジ」といえば児童文学または少女小説のイメージが強いので、その作者についても、編み物や洗濯といった家事のあいまに趣味で小説を書いていた女の人、などという固定観念を抱いている人がいる。ほほ笑ましいイメージだ。けれども、ヨハンナ・シュピーリについてもう少し詳しく調べてみたら、驚くような事実が次々と出てくる。彼女の母親は有名な宗教詩人メタ・ホイサーで、彼女自身はスイスの文豪コンラート・フェルディナント・マイヤーの友人で、音楽家リヒャルト・ワーグナーとも交流があった。一九世紀半ば、スイスのドイツ語圏の都市チューリヒでのことだ。弁護士だった彼女の夫はワーグナーの熱狂的なファンで、チューリヒ市の書記官[3]を長年務めた。彼女と彼女の夫は、市庁舎の立派なゲストルームで、訪れた名だたる客人たちを迎えていたのだ。彼女の読書経験は、けっして児童文学や少女小説に限定されていたわけではなく、レッシング、ゲーテ、ゴットフリート・ケラー、アネッテ・フォン・ドロステ＝ヒュルスホフなど、広い範囲に及んでいた。ロマン派の文学やホメロスの叙事詩、パウル・ゲルハルトのような宗教詩人の作品や讃美歌なども愛読していた。彼女の生涯には謎が多く、伝説や疑問がまとわりついている。ワーグナーとの――怪しい？――関係について詮索しようとする人もいるし、彼女が日記や手紙を燃やしたのは個人的なことがらについて他人に知られては困るからだと主張する人もいる。深刻な鬱《うつ》に苦しんでいたが、厳格で硬直化したプロテスタントの信仰に逃げ場を求め、強い信仰を抱いていていたと強調する人もいる。こうした特徴は、彼女が描いたハイジという少女のイメージとは正反対のようにも思える。いずれ

ヨハンナ・シュピーリ

にせよ、『ハイジ』の作者についてよく言われる、子ども好きのやさしいおばさんという像も、偏狭な敬虔主義者という像も、どちらも実像からはかけ離れているようだ。それに、彼女は『ハイジ』だけを書いたのではない。彼女は約五〇の作品を残し、そのうち三二編が子ども向け、一一編が大人向け、五編が少女向けだった。

ヒルツェルの丘へ

シュピーリは「ハイジランド」で生涯を過ごしたわけではない。彼女はマイエンフェルトやラガーツ温泉のあたりではなく、百キロほど離れた場所で生まれ育った。この女性作家のルーツを探ろうと思ったら、チューリヒ・オーバーラントのヒルツェルに赴かなければならない。ツークとヴェーデンスヴィールの中間あたり、ヒルツェルの村は標高七〇〇メートルほどのヒルツェルの丘の上にある。波打つような――でこぼこの――緑色の丘が続く、スイスを代表するモレーンとムーアの土地である。モレーンというのは、氷河に浸食されたあとに残った岩塊のことで、まるでクジラの背中のような凹凸の多い地形、いわゆる「ドラムリン」を形成する。こうしたなだらかな起伏がいくつも続く丘の上に、ちらほらとボダイジュが生えているのが見える。丘と丘の並び方は、まるでミスコンテストに出場した美女たちのようで、どんな木が生えているかで美しさを競っているみたいに見える。そんな景色が延々と続く。そのような木は、たとえば子どもの誕生などの特別な機会に植えられ、「思い出の木」と呼ばれているらしい。面白い習慣だ。ヨハンナ・シュピーリも自分の誕生を記念する「思い出の木」をもっていたのだろうか？ヒルツェル――語源的には「シカの泥浴び場」という意味――の村（地元の人の呼び方からすると「丘の上」）の人口は約一六〇〇人で、みんな地元に誇りを抱いている。すばらしく美しいが、とても田舎だ。文化の香りのする要素が何もないので、ヨハンナの母親は冗談で「シベリア」と呼んだ。ヨハンナ・ルイーゼ・ホイサーは一八二七年六月一二日、ヨハン・ヤーコプ・ホイサーとメタ・シュヴァイツァー夫婦の六人の子どもたちの四番目として、この地に

伯母レグラ・シュヴァイツァー
しばしばホイサー家の子どもたちの母親代わりを務め，「レーゲリおばさん」と親しまれた．

生を受けた。母親のメタはこの村の牧師ディートヘルム・シュヴァイツァーの娘だった。シュヴァイツァー牧師はこの村で二八年にわたり在職し、厳格な保守主義でもって、教区の住民の生活に大きな影響を及ぼした。フランス革命に端を発する進歩的な思想は頭からはねつけ、「神なき人々」に正面から戦いを挑んだ。ヨハンナの父親はヒルツェルの村医者で、ありきたりの総合診療医だったわけではなく、外科と精神科をとくに専門とした。外科手術を行い、精神疾患の患者たちを自宅に入院させていた。メタは、夫の診療所で看護師の仕事をするかたわら文学活動にのめり込み、宗教的な詩を書いた。とても忙しかったので、どきどき姉のレグラ、「レーゲリおばさん」が子どもたちの母親代わりをした。シュピーリ作品では主人公の母親がすでに死んでいることが多いが、不在の母親の代理を務めるやさしいおばあさんが登場する。そうした人物には伯母レグラのイメージが投影されていると言われている。この田舎の土地はとても保守的な気風で、プロテスタントの信仰が大きな役割を果たしている。同時に、ここには文学の、とりわけロマン派の文学の素養のある人々が暮らし、「クロスオーバー医療」が行われ、ラガーツ温泉のような湯治場がよく利用されていた。キリスト教的な慈善活動。敬虔主義。病人やけが人の痛みや苦しみ、狂気や神経症などに日々接する体験――こうした人間模様を、作家ヨハンナ・シュピーリは自分の文学作品の中に取り込んでいる。シュピーリは生涯にわたって自伝を書かず、伝記も書かせなかった人だが、自分の人生についての大切なことは自分の本の中に全部書いてあると言い切っている。

自由と拘束

シュピーリの生涯は、開放と閉塞のあいだをつねに揺れ動いていた。ヒルツェルで過ごした少女時代から二つ例をとってみただけで、そのことがよく分かる。一つ目の例。少女ヨハンナは、個人授業をしてくれた牧師のザロモン・トーブラーのことが大好きで、その授業に夢中だった。トーブラー牧師はリベラル派で進歩的な思想の持ち主だった。思想家ダーフィト・シュトラウスをチューリヒ大学の教授として招聘する問題が大きな議論を呼んだとき、トーブラー牧師は断固としてシュトラウスを支持した。彼は最終的に、この神学上の議論の犠牲になり、ヨハンナの一族からは出入り禁止になったのだった。二つ目の例。独身時代のヨハンナは、ハインリヒ・ロイトホルトという大学生にほのかな想いを寄せていた。彼は詩人で無神論者で、ホイサー家の信仰や市民道徳のスタンダードからするとまさに正反対の人物だった。ヨハンナの恋心は、生まれてまもなく母メタに押し殺された。この母にとっては、反社会的なロイトホルトは娘の恋のお相手としては不適格だった。文豪ゴットフリート・ケラーがロイトホルトのことをスイスの最もすぐれた詩人の一人と呼んでいたとしても、やはり不適格だった。波乱の人生を送った詩人ロイトホルトは、精神疾患の治療方法と研究方法の確立のために先駆的な役割を果たしたとして有名なチューリヒの精神病院「ブルクヘルツリ(4)」の入院患者として生涯を終えた。

ヨハンナが何かをしようとするたびに、何かに情熱を抱くたびに、保守的な家庭環境の因習的なものの見方が壁として立ちふさがった。鬱に苦しむか、敬虔主義の信仰に没頭するかしていないときのヨハンナは、読書や音楽や自然との対話に逃げ場を求めた。

ヒルツェルの教会

（訳者撮影）

シュピーリ記念館に展示されているハイジ人形

（著者撮影）

ヒルツェルのシュピーリ記念館（村の学校だった建物）

（著者撮影）

ヒルツェル村

マイエンフェルトやラガーツ温泉に次いで、ハイジやシュピーリのファンが聖地巡礼に訪れる定番の二番人気は、ヒルツェルの村だ。幼いヨハンナが一八三三年から一八四一年まで通った、かつての村の学校——両切妻の屋根で窓には緑色の鎧戸《よろいど》がついた、一七世紀の美しい木組みの建物——が今ではシュピーリ記念館になっている。

入り口に足を踏み入れるとすぐ、デルフリの山小屋を模したドールハウスのようなものが目を引く。窓から干し草がはみ出していて、クリスマスのクリッペ[4]にちょっと似ている。ハイジの人形のかたわらにはおじいさんがいて、ヤギを連れたペーターがいて、車いすに乗ったクララがいる。スイスの山の農家の暮らしには欠かせない道具一式の模型も。ヨハンナ・シュピーリの家族の写真や肖像が展示されており、『ハイジ』以外のシュピーリ作品も一通りそろっている。世界各国で出版された『ハイジ』の訳と、各種ハイジ・グッズがずらりと並び、『ハイジ』という作品の影響力の大きさを物語っている。

シュピーリ記念館を出て、低い塀に囲まれた石畳の小道をたどると、きれいな噴水を通り過ぎたところに、かつての牧師館がある。美しい庭と瀟洒な玄関ホールをそなえた、古い建物だ。入り口のプレートには、「女性詩人メタ・ホイサー(一七九七—一八七六)生誕の家」と書いてある。すぐ近くには、尖った塔のある教会。一六一七年に建てられた、プロテスタントの教会だ。プロテスタント色の強いスイス北部と、カトリック色の強いスイス中部の境界線がここを通っていることがよく分かる(バロック様式で有名なアインジーデルンのカトリック修道院は、ここから二〇キロしか離れていない)。一七世紀にできたこの教会の木製の説教壇から、かつてディートヘルム・シュヴァイツァー牧師が説教を行っていたのだ。ヒルツェルの住民たちは彼の説教に耳を傾け、生き方やものの考え方に大きな影響を受けていた。教会から道路の反対側に渡り、坂道をのぼると、「トクテルホウス」——つまりヨハン・ヤーコプ・ホイサー医師の住んだ「ドクトルハウス」——にたどり着く。ヨハンナはここで一八二七年に生まれた。ひさしが張り

シュピーリの生家「ドクトルハウス」

（訳者撮影）

ヒルツェルの牧師館（メタ・ホイサーの生家）

（著者撮影）

出した、明るい茶色の木造の屋根が印象的な、美しいたたずまいの大きな家だ。たしかに広い家なのだが、ここにはなんと一五人家族と使用人たちが暮らしており、おまけに「狂人たち」（メタ・ホイサーが『家庭年代史』と『当世の特筆すべきできごと』の中で精神疾患の患者たちを呼んでいる呼び方）もいた。患者の入院期間はときに数ヶ月に及んだ。つまり、この家は入院患者用の病室をそなえた田舎の診療所だったのだ。外科手術は離れの建物で行われていた。

中に入らなくても、この家の中で営まれていた忙しい生活のありさまは、まざまざと思い描くことができる。

シュピーリの長編小説『グリトリの子どもたちはどこへ行ったのか』（一八八二）の一節を読めば、「ドクトルハウス」の生活がどんな様子であったか、イメージが湧く。

この家で同居しているお母さんと伯母さんには、山のように用事がありました。まず、子どもたちの喜びや悲しみに向き合わねばならず、あれをして、これをしてとせがむ子どもたちの面倒をみなければなりません。それから病気の人たちが近くや遠くからこの家にやって来ました。しまいには、この地方全体から悩みを抱えた人たちが、慰めと助けを求めて押し寄せてくるようになりました。ここに来れば、温かい思いやりで迎えられ、言葉と行動でもって助けてもらえると分かっていたからです。（31-32）

ここで描かれた子ども時代は理想化されているが、現実にはそんな牧歌的な状況ではなかったことを、メタは回想の中で赤裸々に語っている。他人と一つ屋根の下で暮らす共同生活を強いられたために、「家庭生活が破壊」されたというのだ。

父親のホイサー医師は、地元で「魔法使い」と呼ばれた自然療法の達人の息子だったが、自分自身も医術という魔法を使って奇跡を起こした人物にほかならない。病人やけが人を――場合によっては重傷者を――限られた手段しかない状況下で治療し、みごとに癒してみせた。当時はまだ麻酔もなかったが、手足の切除手術までやってのけた。ヒルツェルののどかな風景の中に、ときおり甲高い悲鳴が響きわたった――もちろんヨハンナもそれを聞いていた――ことだろう。精神疾患の患者たちの叫び声は、普段からもっと頻繁に聞こえていたはずだ。ここで行われていた精神疾患の治療は一定の成果を収めていたが、かなり古風なものだった。古代ギリシアで提唱された、四種類の体液の循環とバランスを重視する「体液説」を、一九世紀の初頭まで、ほとんどの医者がまだ信じていた。たとえばピエール・ジャン・ジョルジュ・カバニス(一七五七―一八〇八)は、鬱病は「腐食性の体液の分泌」によって起こると唱えた。

ホイサー家の子どもたちも医療活動に関わった。患者と交流し、本を読み聞かせたり、いっしょにゲームをしたり、いっしょに自然の中を散歩したりした。自然は、患者の健康回復のために大きな効果があった。それに加えて、キリスト教の隣人愛の思想が果たした役割も忘れてはいけない。メタはこの思想を実践し、言葉と行動で患者たちを助け、彼らのために祈った――考えてみれば、これは『ハイジ』の世界にかなり近い!

ヨハンナ・シュピーリの生涯

シュピーリは、生まれ故郷ヒルツェルやスイス東部のマイエンフェルトやラガーツ温泉以外に、スイス西部のイヴェルドンやモントルー、それから北イタリアもよく訪れていた。彼女はアルプスの風景に対して強いきずなを感じており、スイスの山でもドイツの山でもオーストリアの山でもイタリアの山でも、とにかく山なら大好きだった。アルプスの山が彼女の生きる場所で、インスピレーションの源だった。

一八五二年、彼女はチューリヒの法律家ベルンハルト・シュピーリと結婚した。この男性は弁護士業のかたわら『スイス連邦新聞』の編集長を務めていた。今回は、母メタは諸手を挙げて結婚に賛成した。言うなれば、ヨハンナ

エリーザベト（ベツィー）・マイヤー
母の死後，兄C・F・マイヤーの作家活動を支えた．シュピーリの文通相手．

エリーザベト・マイヤー
文豪コンラート・フェルディナント・マイヤーの母で，チューリヒの社交界で人々の尊敬を集めた人物．敬虔主義的な信仰でシュピーリを導いた．

とロイトホルトの冒瀆《ぼうとく》的な関係を清算しておつりがくるような、願ってもないお相手だったのだ。ヨハンナはチューリヒの市民階級の一員となり、当地の上流社会に参加を許された。輝かしい人生が彼女の目の前に開けたかに見えた。シュピーリ夫妻は文壇の大物とお近づきになった。コンラート・フェルディナント・マイヤー、ゴットフリート・ケラー、リヒャルト・ワーグナー。音楽家ワーグナーはドレスデンで三月革命に参加してお尋ね者となり、一八四九年から一八五八年までチューリヒで亡命生活を送っていた(5)。堅物で知られたベルンハルト・シュピーリは、その一方、熱烈なワーグナー・ファンでもあった。彼はやがてチューリヒ市の書記官に就任し、シュピーリ夫婦は一八六八年から一八八四年まで、市庁舎の建物に住んだ。

それでは、ヨハンナの人生はこうして「玉の輿《こし》」に乗ったおかげで幸せだったのだろうか？　残念ながら、そうではなかった。少女ハイジがフランクフルトの町で感じていたのと同じように、ヨハンナはチューリヒの町で不幸せだった。食卓ではいつも黙って新聞を読んでいる、あまり心が温かいとは言えない夫との生活は、喜びが少なかった。夫のワーグナー熱も、最後には彼女の身に災いとなって降りかかってきた。一八五三年五月二二日のワーグナー四〇歳の誕生日に合わせ、ヨハンナは夫を喜ばすためにワーグナーを大げさに褒め讃える詩を発表した。すると、チューリヒ市の上流階級に悪い評判が立った。コンラート・フェルディナント・マイヤーの母エリーザベトはアンチ・ワーグナーの急先鋒だったが、「気の毒なヨハンナ」が「悪の神を礼賛した」と手紙に書いている。いろいろと悪い噂が流れ、こんな話まで言いふらされた。ある日、シュピーリ弁護士は妻が作曲家ワーグナーと二人きりでいるところに出くわし――それからというもの、ワーグナーとの友情もワーグナー熱もすっかり冷めてしまったと。

ヨハンナは、自分は不幸で周囲の無理解に苦しんでいると思っていた。一八五五年に一人息子のベルンハルト・ディートヘルムが誕生したのは、嬉しいはずのできごとだったが、彼女は妊娠中、かつて自分が生きていた日々が死んでしまったように感じた。気配りのできる妻、完璧な主婦の役割を求められるという立場が、彼女に重くのしかかっていた。社交界ではいろいろとマナー違反を犯してしまい、居心地が悪かった。考えてみれば不思議なことだ。彼女は自分の作品の中では、家庭生活のすばらしさと主婦業の喜びを褒め讃えているのに、自分の主婦生活を「奴隷生活」と呼び、忌み嫌っていた。彼女は鬱に苦しみ、病気になった。彼女は、母親のようにやさしくしてくれたマイヤー夫人の敬虔主義的なサークルに逃げ場を求めたが、ワーグナー礼賛の詩のせいで夫人に厳しく非難された。彼女は夫人のサロンに数年前から参加しており、メンバーたちは文学の話をしたり慈善活動をしたりしていた。上流社会と慈善活動は、切っても切れない関係にあった。いっしょに聖書を読み、賛美歌を歌い、貧しい人や病人、発達障害のある子どもたちを助けるボランティア活動をしていた――シュピーリの作品にも、そういう恵まれない人たちがよく登場する。このサークルとの出会いによって、ヒルツェルの少女時代に体験した厳格なキリスト教的保守主義の要素が、ヨハンナの人生に戻ってきたと言えるかもしれない。その要素は、彼女の文学作品を構成する一つの要素となっている。

ところが、また衝撃的なできごとが起こる。いわば魂の導き手だったマイヤー夫人が精神病院に収容され、まもなくノイエンブルク湖で投身自殺してしまうのだ。このトラウマ的な体験のせいでヨハンナは、亡き夫人の二人の子ども、ベッツィーおよびコンラート・フェルディナントといっそう固く結びつくことになった。ベッツィー・マイヤーへの手紙には、深い愛情と、愛情を返してもらいたいという強い要求が読み取れる。「あなたにそばにいてほしいと強く思います」(日付なし)、「あなたに会いたくてたまらない」(一八五八年二月七日)、「もうじきあなたに会える[…]あなたといっしょにいる時間を、じっくり味わいましょう」(一八六七年九月二七日)。ヨハンナはいつも、できるだけ早くベッツィーと会いたいと願い、手紙の返事が来るのを待ち焦れていると書いている。これらの手紙はとても情熱的で、個人的な感情に満ちている。ヨハンナは後年、手紙を返却してくれるように相手に頼んだ。まるで、この関係の痕跡を抹消したいと思ったかのように。

シュピーリは愛情に飢えており、自分の女友だちに対して(一説によると、とくに年下の女性に対して)ともすれば友情を押しつける傾向があったようだ。いずれにせよ、ベッツィーとの関係はしだいに疎遠になった。ベッツィーは生涯独身を通し、ボランティア活動、とくにチューリヒの刑務所に収容されている女性たちの救済の活動に尽力した。その後、彼女はとある精神病院の入院患者たちの世話に専心した——シュピーリの生涯に繰り返し現れるテーマである精神疾患が、ここにも顔を出している。

ヨハンナの息子はユーモアと音楽的才能に恵まれており、息子のおかげで彼女はまた少しずつ生きる喜びを取り戻していった。彼女はもともと勉強好きで、語学と文学に対する情熱をもつ女性だったので、新たに生きがいを見つけていったことも不思議ではない。一八七一年から一九〇一年の死に至るまで、彼女は持続的に作品を書き、毎年のように新しい本を出した。デビュー作の『フローニの墓に捧げる一葉』（一八七一）は大人向けの本で、不幸な結婚をしてアルコール中毒の夫に暴力をふるわれ、早くに死ぬ女性の悲劇的な運命を語った物語だった。これに続いて、自伝的な色彩の濃い四つの短編が出た。一八七八年以降は児童文学のジャンルに移り、「子どもと、子どもを愛する人のための物語」と銘打ったシリーズを刊行していった。一八七九年から一八八四年までが最も生産的な時期で、二〇もの作品が出されている。そのうち最も有名なのが『ハイジの修業時代と遍歴時代』（一八八〇）であり、一年後に第二部『ハイジは習ったことを役立てる』が出た。

『ハイジ』二部作はただちに大きな成功を収めた。一八八二年にはすでに『ハイジ』と『ハイジ再び』の題でフランス語訳が出版されている。一八八四年には英訳が——最終的には五〇以上の言語の訳が——出ることになる。シュピーリは一躍、有名作家の仲間入りをした。スイスのドイツ語圏を代表する文豪、先に名前を挙げたC・F・マイヤー（一八二五—一八九八）との文通が、その証拠である。けれども、C・F・マイヤーも晩年には精神を病んで作家活動に困難をきたした。あたかも、人生への絶望がシュピーリの人生を取り巻き、今にも襲いかかろうとしていたかのようだ。

シュピーリとC・F・マイヤーのあいだで交わされた手紙では、文体が弱いとか、表現がくどいとか、相手の作品に対する忌憚《きたん》のない批評が述べられており、二人の作家がお互いのことを深く信頼していたことが窺える。マイヤーは、「何でもないこと」から美しい作品を創り出すシュピーリの能力を高く評価していた。彼は『ハイジ』を読んで絶賛した。彼はこの小説から「若々しく新鮮な印象」を受け、「幸せに満ちた自然らしさ」を称賛し、無邪気ながらも「力強く人生を切り開く」ハイジという人物が気に入ったと述べている。頭が悪い、という印象を与えかねないぎりぎりの線を狙っているペーターの描写も(6)、うまくいっているとマイヤーは評価している。シュピーリの側は、通俗的な「暦《こよみ》物語」[5]程度のものでしかないと自作について謙遜し、相手がそんなに絶賛したことに少々驚いて

ツェルト街の「エッシャーホイザー」
チューリヒで最初の賃貸集合住宅とされる．シュピーリの終の棲家．
（著者撮影）

いるようだ。

ここまでいろいろと有名人の名前を挙げてきたが、そこにジークムント・フロイトの名前も追加したいと思う。彼はC・F・マイヤーを愛読しており、マイヤーの中編小説『女裁判官』（一八八五）を一八九八年に精神分析してみせた。これは文学作品が精神分析の対象になった最初の例である。同じマイヤーの作品から、フロイトは「ファミリー・ロマンス」という考え方の着想を得た。精神分析の確立にとって重要なものとなる「不気味なもの」の概念についても同様である。ともあれシュピーリは、マイヤーの『女裁判官』よりも五年早く、『ハイジ』のフランクフルトの幽霊騒ぎの章の中で、「不気味なもの」の文学的表現に取り組んでいる。

フロイトは意外とアルムの山に縁があるのだろうか？　フロイトの「無意識」の発見の大元はハイジなのだろうか？　こうしたテーマは、またあとで扱いたいと思う。

シュピーリの作家としての名声はとどまるところを

知らず、同時代の批評家からは「女版ゴットフリート・ケラー」と呼ばれるまでになった。シュピーリのメルヘンチックな物語はケラーのリアリズム小説とあまり似ていないように思えるが、強いて共通点を挙げるとすると、ケラーの中編小説『村のロミオとジュリエット』（一八五六）のヒロインのフレンヒェンの描写がシュピーリに影響を与えたということはあるかもしれない。このヒロインも「とてもちぢれた黒い髪の毛」をしていると言われるからだ。

シュピーリの文学的名声には、二つの悲劇的なできごとが暗い影を落としている。一八八四年、もともと体の弱かった息子ベルンハルト・ディートヘルムが亡くなる。二九歳の若さだった。数ヶ月後には夫ベルンハルトもこの世を去った。彼女の人生にはつねに病気と死がつきまとい、それが彼女の書いた作品の多くの通奏低音となっている。しかし、不幸に襲われたからといって彼女の創作活動が止まることはなかった。彼女にとっては書くこと自体が、自分の身を支えるよすがとなっていたからだ。

第二章　『ハイジ』を読みなおす

——第一部『ハイジの修業時代と遍歴時代』——

Relire Heidi

1 アルプスの魔力

みんながハイジの物語を知っている――あるいは、知っていると思っている。誰でも子どものころに最低一度くらいは、原作小説を映像化したバージョンのどれかに触れたことがあるだろう。アルプスの牧場を駆ける少女、雪に埋もれた山小屋、パイプをくわえたおじいさんなどに見覚えがあるのではないだろうか。幼い日の記憶、夢か幻か……。ストーリー自体はごく単純なので、一つの文章にまとめられそうだ。小さな女の子がアルプスの山で幸せに暮らしていて、周囲の人たちも幸せにする。そんなお話だ。みんな『ハイジ』を知っている。そのとおり。でも、ちゃんと原作を読んだ人がいるだろうか？　子どもの心と大人の目で読んだ人がいるだろうか？　以下では、実際にそんな読み方をしてみることにしたい。急がず慌てず、この有名な小説のページをめくっていけば、驚くことがたくさんあるはずだ。

それでは読みはじめよう。第一章で、小さなハイジはもこもこに着ぶくれた姿で登場し、デーテ叔母さんに連れられてマイエンフェルトから続く山道を「せっせと登って」いく（I：9）。叔母さんはラガーツ温泉のホテルで働いており、スイス旅行に来た「だんなさん方」の部屋係を務めたとき、フランクフルトでの職を提供されたのだ。

二つの世界

ここでは、二つの世界が出会っている。お金持ちの湯治客の世界と、貧しい山の民や使用人の世界。貧しい人々は、しばしば都会や外国に働き口を求めた。この場合はドイツだが、アメリカに移住した人も多い。一八五〇年と

着ぶくれたハイジはデーテ叔母さんに手を引かれて山道を登っていく

（出典） Johanna Spyri, *Heidis Lehr- und Wanderjahre. Eine Geschichte für Kinder und auch für Solche, welche die Kinder lieb haben*, 24. Aufl., Gotha, Perthes, o. J., S. 1.

一八八八年のあいだに、二〇万人以上のスイス人が国を出ていった。この流れは『ハイジ』が世に出た一八八〇年代に最高潮を迎える。デーテの新しい仕事、それこそが小説『ハイジ』のストーリーが動き出すための決定的な原動力になっている。シュピーリの作品は、いつも展開が速い。作者自身もかなり筆が速かったと言われている（『ハイジ』第一部はほんの数週間で書かれた）。たいていの作品の冒頭で、主人公の両親はすでに「始末」されていて、ほとんど問題にならない。作者が書きたいと思っているのは、もっぱら孤児になった主人公のことだけであり、主人公にも両親の記憶はほとんどない設定のようだ。シュピーリ作品では、とくに母親は不在であることが多い。まったく出てこないというわけではなくとも、死んでいることが多い。

　俗流の心理学を援用するなら、女性作家シュピーリは自分の文学的な想像力を手がかりに、自分自身の母親メタのあまりにも強い影響力から逃れようとしたのだ、と言えるだろう。あとで詳しく見ていくが、シュピーリが筆力を傾けるのは、おばあさん世代の描写である。おばあさんたちは、姿を消した母親たちの代替としての役割を果たす。

『ハイジ』も例外ではない。ハイジの父親トビアスは建築現場の事故で命を落とし、母親アーデルハイト（この名前の縮小形が「ハイジ」）も悲しみのあまり亡くなっている。だがハイジが両親のことを語ることはないし、お父さんお母さんはどうなったのと疑問を口にすることもない。周囲の人たちと密接な絆を結んでいるから、両親がいなくて寂しいとも思っていないようだ。

おじいさんの秘密

両親を亡くしたハイジは一歳でデーテ叔母さんに引き取られ、四歳まで育てられる。二人が暮らしたのは「デルフリ」。今日、観光客向けに整備された「ハイジ村」のモデルである（いわゆる「ハイジハウス」には、つまり、ハイジはごく短期間しか「住んで」いなかったわけだ）。デーテの母が死ぬと、ハイジはさしあたりプフェファース在住のあまり耳がよくない老婆に預けられ、ほとんど閉じ込められて過ごす。デーテは、念願だったドイツでの仕事を手に入れると、重荷になってきた子どもを厄介払いするために何でもしようと思う。そこで思いついたのは、あろうことか、デルフリを離れて独りきりで山の上に住んでいるアルムおんじに預けるという手段だった――こうして物語が動きだす。

おじいさんは、ミステリアスな暗い過去を背負った、恐ろしげな人物である。その外見については、次のように言われている。「まるでまっとうな人間じゃないわよ。ひとりじゃ、怖くて話もできない」（I：12）。つまり、当時の言葉で言い換えると、「野蛮人」みたいということだ。これは、デーテがアルムおんじのところへ行く道すがら出会った、知り合いの女性バルベルの発言である。[6] バルベルはデーテの思いつきを犯罪的だと見なし、「どうかしちゃったの」（I：10）とまで言う。彼女は、しかし好奇心に駆られてデーテを質問攻めにする。その過程で、アルムおんじの秘密の一端が明らかになる――聞いて損はない、興味をそそる話だ。デーテがバルベルの好奇心を満たしているあいだに、ハイジはヤギ飼いのペーター(7)を追いかけていく(その話はまたのちほど詳しく)。このハイジの行動には、自由を求める衝動、脱出願望、旺盛《おうせい》な好奇心が表れている。この子どもは、デーテが言うように、「五歳のわりには、おばかさんじゃない」(I:15)のだ。

デーテが明かした秘密に話を戻そう。おじいさんは若いころに悪い仲間と付き合い、賭《か》け事にのめり込んで全財産を失った。弟も巻き添えで落ちぶれて失踪し、両親は悲しみのあまり死んでしまった。そこでおじいさんは、当時の多くのスイス人がそうしたように、傭兵となってナポリの軍隊に入るが、最終的に、殺人の罪を犯して軍を脱走したとされる。スイス人の妻がいたが、先立たれてしまう。理由は不明。結局、一五年近くも行方をくらませていたあげく、一人息子トビアスを連れて故郷の村ドムレシュク(グラウビュンデン州シルス近郊)に戻ってくるが、故郷の人々は冷たかった。すっかり腹を立ててデルフリへと移り、この村で息子トビアスは腕のいい大工となる。トビアスはデーテの姉アーデルハイトと結婚するが、先に述べたように、建築現場で事故死。あとを追うように亡くなったアーデルハイトは、健康上の問題を抱えた女性だった。「もともとそんなにじょうぶではなかったし、寝ているのか起きているのか、よくわからなくなる」(I:17)ことがあったと言われている。つまり、ハイジの母親も夢遊病の体質があった――これは重要な伏線である。デルフリの人々は、おじいさんが教会に行かず、牧師さんの言うことを聞かなかったせいで神の罰があたったのだと言う。おじいさんは再び怒り心頭で、村を出てアルムに隠遁してしまう。村には親戚が大勢いたので、「アルムおんじ」と呼ばれるように

デルフリの村

(出典) Ebd., S. 124.

なる。

アルプスのロビンソン

子ども向けのお話にしては、ずいぶん暗い幕開けではないか。悪い仲間、賭け事、殺人、悲劇的な死、罪と罰——まるでディケンズやゾラの小説のようだ！　暗い過去を背負ったおじいさんは、いわば遠くの国で難破してアルプスという名の無人島に流れついたロビンソンで、「フライデー」役のハイジに生きる力をもらうのだ。これはさほど突飛な比喩ではない。ルソーは教育論『エミール』の中で、エミール少年が読むべき本として『ロビンソン・クルーソー』を熱烈に推薦している。無人島のロビンソンのように文明から切り離された「高貴な野蛮人」の状態を、人間社会によって汚されていない子どもの状態と重ね合わせたのだ。[7]

村を出たおじいさんはアルムの山に隠遁する
（出典）　Ebd., S. 31.

アルムの山へ

アルムおんじの住むアルムの山への道の途中で、ハイジとおじいさんに次いで重要な人物が登場する。ヤギ飼いペーターだ。この一一歳の少年は、村人のヤギを預かって牧草地で草を食べさせる仕事をしており、一日中、裸足で走り回っている。その境遇も、負けず劣らず悲惨である。糸紡ぎと裁縫で生計を立てている母と、目の見えない祖母の三人で吹きさらしのボロボロの小屋に住んでいるペーターは、木こりをしていた父親が森で事故死したため、家で唯一の男手である。彼はやや不器用で、性格が不安定だ（嫉妬深く、癇癪《かんしゃく》もちで、お金に釣られやすい）。村人とはあまり交流がなく、ほとんど字を読むことができない。山の子どもの常で、学校には冬場しか通っておらず、サボりがちで、たまに学校に行ってもあまり勉強せず、習ったことはすぐ忘れてしまう。
ヤギの群を追うペーターを見て、ハイジは目が覚めたようになる。デーテがバルベルとの話に夢中になっているのをいいことに、ハイジは重ね着させられていた分厚い服を勝手に脱いでしまい、靴と靴下も脱ぎ捨てる。脱いだ服を「きちんとたたんで」（I：21）いくあたり、几帳面なスイス人主婦が好きそうな描写ではあるが。ハイジは――自然との出会いで生まれ変わったように――潑剌《はつらつ》として牧場を駆けていく。そんなこんなで、アルムおんじの家に到着。予想されたことだが、一行は冷ややかな出迎えを受け、デーテの計画は猛反発を受ける。

「そうか。」と、おじいさんは、ぎらりとした目でデーテを見つめました。「それで、この子がおまえのところがいいと泣きだして、わがままをいったら、わしはどうすればいいのだ？」（I：27）

デーテの返事も、同じくらい無愛想だ。

「それは自分で考えて。だって、あたしだってだれにも教わらずに、この子の面倒を見てきたのよ。この子がひとつのときからね。あたしだって、仕事や母さんの世話をしなくちゃならなかったのに。でも今度、遠くにはたらきにいくことになったの。おんじは、この子のいちばん近い身内でしょう。世話ができなかったら、どうぞ勝手にしてちょうだい。それで、この子がひどい目にあったりしたら、おんじのせいよ。でも、そうなっても、おんじはなんとも思わないだろうけど。」（I：27-28）

明らかに、誰も責任もって子どもを育てようとはしていない。アルムおんじは乱暴な言葉でデーテを追い払い、デーテは「かっとした気持ちがエンジンになって」山を駆けくだる。じつは、かつて臨終の床にいる母親に、ハイジの面倒をちゃんと見ると約束していたので、うしろめたいのだ。ここまで読んだ限りでは、「ハイジランド」には自分勝手な悪い人しかいないのかと思ってしまいかねない。

二人きりになったハイジとおじいさんは、改めて面と向き合う。この子が生き生きとして、好奇心が強く、気立てがよく、並外れた適応力をもっているのを知り、おじいさんは目を見張る。ハイジはたちまち、この頑固な人間嫌いの老人に心を開かせてしまうのだ。仲よくなった二人は、チーズを溶かして「ラクレット・パーティー」を開く。まだ五歳のハイジの不幸な生い立ちを聞くと、深刻なトラウマでも背負っているのではないかと思いがちだが、ところがどうして、この子は生きる喜びと生命力にあふれている。

ハイジはおじいさんと二人きりになる
（ジェシー・スミス画）
（出典） Johanna Spyri, *Heidi*, Philadelphia, David McKay Company, 1922, p. 33.

子どもと老人

こんな話には心理学的な深みがないとか、展開が速すぎるとか、現実味がないとか言う人がいるかもしれない。反社会的だ、という評価さえありうるだろうか？　実際にはこの小説は、最初にまず、これは残酷童話《メルヘン》なのかと思わせておいて、一転その印象を打ち消すという技を使っている。「メルヘン」というキーワードが出たので言っておくと、シュピーリの小説は通常の意味のメルヘンには分類できないものの、教育学者・心理学者のブルーノ・ベッテルハイムが『昔話の魔力』（一九七五）[8]で挙げた典型的なメルヘンの特徴のいくつかを『ハイジ』はそなえている。なお、ベッテルハイムのこの本は、あとあと何度か参照することになるだろう。

心理学的な深みがないといえば、それこそがメルヘンの主要な特徴ではないだろうか？　ハイジは、とても個性的であるにもかかわらず、誰でも感情移入ができる「オープンな」キャラクターなのだ。

おじいさんとハイジの関係は、ロマン主義文学やヴィクトル・ユゴーの小説などでしばしば用いられる、「子どもと老人が直感的に分かり合う」[9]という定型表現《トポス》の流れを汲んでいる。マリナ・ベトレンファルヴァイは、このトポスについて次のように述べている。

子どもと老人が引かれ合うというのは、普遍的に見られる現象である。なぜなら子どもと老人は、いずれも社会の周縁に位置づけられ、社会的な利害関係や闘争の外にいるからだ［…］。このテーマを微妙に変奏したものが、「年老いた子ども」のトポスである。これは、老人が身につけているような知恵をもった子どものことである。[10]

子どもとお年寄りの心の交流は、『ハイジ』だけでなく、ヨハンナ・シュピーリの他の小説でも繰り返し描かれる（優しくて献身的なおばあさんの描写が、驚くほど多い）。このトポスの例をもう一つ――今度は絵画芸術のジャンルから――挙げておこう。シュピーリの同時代人で、シュピーリとよく似た世界を描いたアルベール・アンカー（一八三一―一九一〇）の作品である。アンカーは子どもの世界を理想化し、子どもと老人がいっしょにいる場面を何度も繰り返し描いている。そういった絵画のうち最も有名で、最も感動的なものの一つが、『おじいさんの膝で眠る孫娘』（一八七九）[11]だ。

ハイジは、「年老いた子ども」の典型例と見なすことができる。あとで見るように、ハイジはアルムおんじに心を開き、のびのびと感情を表現し、信頼の置ける話し相手になることで、この老人を導いてキリスト教道徳と人間の共同体へと復帰させるのだ。

自然との融合

ハイジは、ただ単に幸せというだけでなく、狂ったように幸せを表現し、嬉しさのあまりぴょんぴょん跳びはねる。見ているうちに、自然との融合がどんどん進行しているようだ。ハイジが眠っているあいだ、月の光がその顔を照らす。このほとんど神秘的とも言える光景を、アルムおんじはじっと見つめる。干し草のベッドの寝心地は「王さまのりっぱなベッド」（I：42）のようだと書かれている。このあたりに来ると、物語は実際にメルヘンの領域に入り込んでいるかのようで、ハイジは魔法を使いはじめている。自分の周囲のものを美しくして、周囲の人たちをいい人に変えてしまう魔法だ。

牧場でヤギと戯れるハイジ（ヴィルヘルム・プファイファー画）

（出典） Johanna Spyri, *Heidis Lehr- und Wanderjahre. Eine Geschichte für Kinder und auch für Solche, welche die Kinder lieb haben*, 8. Aufl., Gotha, Perthes, 1887, zwischen S. 40 / 41.

翌朝のこと、ハイジに、ヤギ飼いペーターといっしょに牧草地に登っていっていいとお許しが出る——ただし、その前に顔を洗ってからだと。「でないと、お日さまにわらわれるぞ」（I：45）。アルプスの山の上でも、ずいぶん衛生管理が徹底しているらしい！　ハイジは顔を洗い、赤くなるまでごしごしこする。それから山を登っていくわけだが、「自然の懐《ふところ》」に深く分け入っていくにつれて、ハイジの興奮はどんどん大きくなる。もう歯止めがきかず、お花畑を走ったり跳んだりはねたりして、両手いっぱいに花を摘む。あんまり落ち着きがないので、ペーターはややうんざりして、もう少し落ち着いてくれるようにと頼む。興奮の波が過ぎ去ると、今度は静かに周囲を眺める瞬間が来る。

はるか下の谷は、朝の光できらきら光っています。目の前には雪原も広がっていて、その左には恐ろしく大きな岩山が真っ青な空にそびえていました。そのあちこちから塔のような岩がごつごつ空に向かってのびていて、いかめしくハイジを見おろしています。ハイジは口もきかずにそこにすわったまま、あたりを見まわしました。どこまでも深い静けさに包まれています。ときおりそよ風が吹いてきて、青いツリガネソウや、金色にかがやくロックローズの細い茎をやさしくゆらしているだけでした。（Ⅰ：50）

ハイジは、こんなにいい気持になるのは初めてでした。明るい日の光を浴びて、さわやかな空気や、あまい花の香りをすいこんで、これ以上のぞむものなどありません。こうしてしばらく高い山の頂を見あげていると、岩のそれぞれに顔があって、よく知っているともだちが自分を見おろしているような気がしてきます。（Ⅰ：52）

ただし、自然には危険な側面もある。ヤギが一匹、断崖絶壁に近寄りすぎて、そいつを押さえるためにペーターが飛んでいくのだ。そこでバランスを崩して自分も落ちそうになり、ハイジの助けを呼ぶ。ハイジは、香りのいい草でヤギをおびき寄せて、転落から防いでやる。罰としてヤギを鞭打とうとしたペーターに、ハイジはやめるよう命令する。

子どもの目で見た世界

ハイジは不思議なほど大人びているわけだが、にもかかわらず、目にするものすべてに対して、まるで奇跡を目のあたりにしたように驚く。夕方になり、沈みつつある夕日があたりを燃えるような色に染めると、ハイジは「火事よ！」（I：61）と叫ぶ。この無邪気さは、少し奇妙に思われるかもしれない。けれども、子どもの想像力や、周囲のものを新しく解釈して変形させる子どもの能力や、子どものアニミズム的・魔術的な世界像などを考慮に入れると、ハイジの反応は奇妙なものでも何でもなくなる。児童心理学者のピアジェが観察しているように、太陽と火は子どものイメージの中ではしばしば結びついている。つまり、こうした描写からはシュピーリが子どもの心理をよく知っていたことが分かるのだ。自然に親しんだ山育ちの子どもであっても、日が沈むときに火が燃えていると思ったり、摘んだ花はいつまでも美しいままではなく枯れてしまうことが頭から抜けてしまったりすることは普通にありうるし、おかしなことではない。シュピーリは、読者に子どもの目で世界を見させているのだ。

＊

いずれにせよ、ハイジはこうして自然という名の学校に入学し、おじいさんの地理の授業を受けることになる。ファルクニスやシェザプラナといった周囲の山々の名前を教えてもらうのだ。このあたりで、この小説の教育的な側面が明らかになる。

＊

この小説中のシチュエーションは現実味がない、とよく言われることについては先に触れた。マイエンフェルト、ラガーツ温泉、アルプスの山といった小説の舞台になる場所には実在の地名が用いられ、地理学的にも正確に描写されているにもかかわらず、この小説の内容がどれだけ現実的であるかについては、どうしても疑問が湧く。『ハイジ』は、はたして山の民の暮らしぶりを忠実に描こうとしているのだろうか？　この点については、そうではないという見解が支配的である。この小説は、現実の厳しさを隠蔽《いんぺい》し、山の生活をひたすら牧歌的に描こうとしていると批判される。

しかし、この点についてはもっと注意深く判断を下すべきだろう。アルムおんじにせよ、ペーターとその家族にせよ、牧歌的というにはほど遠い、辛《つら》く苦しい生活を強いられていることは、シュピーリの作品中にちゃんと書かれている。その一方、祭りやスポーツ競技といった伝統的な村の営みは描かれていないし、村落共同体を統治する政治的な機構についても一言も触れられていない。ちなみに、当時のスイスは政治的に激動の時代にあった。スイス連邦が発足し、一八四八年に新しい憲法が制定され、国家機構が一新されるのだが、そういった政治の風は、ハイジのアルプスには吹いてきていないようだ。

また、親戚づきあいすら避けて山小屋に閉じこもっているアルムおんじの姿は、クロード・レシュレールが「共同生活の技術」と呼ぶ、山の民に特有の連帯と公正な分配のルールの遵守から逸脱している。(12) もちろん、学校と教会は作中に出てくるし、畜産業のことは言うまでもなく、山の動植物や気候も描かれている。デルフリの周辺ではパン、チーズ、木工品が生産されていることも分かる。ただ、社会環境についてはそれ以上のことは分からない。

それはこの本の重大な欠点と言えるだろうか？　同じことをアルベール・アンカーの絵画についても問うことができる。アンカーの描く裸足の子どもたちと質素な村の生活は、一面ではリアルな描写と呼ぶことができそうだ。しかし、それは理想化された世界だと言わねばならない。アンカーの絵に出てくる女の子たちは、みんな金髪で、みんなかわいく、いつもにこにこ笑っている。シュピーリの小説が抱えているのも、似たような問題だ。一面ではペーターの家族の貧困やアルムおんじの質素な生活がリアルに描かれているが、その世界は崇高な自然の美しさに

ペーターのおばあさん（パウル・ハイ画）

（出典） Johanna Spyri, *Heidis Lehr- und Wanderjahre. Eine Geschichte für Kinder und auch für Solche, welche die Kinder lieb haben*, 58. Aufl., Stuttgart, Perthes, o. J., S. 53.

よって清められ、美化されている。それに、どれだけ貧しくても、顔を洗うときは徹底的にごしごしやって清潔に保ち、脱いだ服はきちんとたたんで整理整頓が行き届いている、というわけだ。本物にしては美しすぎる、きれいすぎるということだろうか？

子どもの読者の身になって考えてみよう。ベッテルハイムが言うように、「厳密にリアリスティックな物語は、子どもの内的な経験と衝突する」[13]。そう考えると、ハイジのおじいさんの暮らしぶりが当時の山の民の生活にぴったり一致するかどうかは、かなりどうでもいいことだと言えるだろう。

ペーターのおばあさん

冬が来て、雪が降りつもる。ハイジにとっては、また新たな奇跡の誕生だ。「モミの木が、金や銀でいっぱいなの！」（I：75）とハイジは叫ぶ。ペーターのおばあさんに招待されたハイジは、居ても立ってもいられず、おばあさんの家に行きたがる。何度もせっつかれたおじいさんは、ついに折れて、ハイジを袋でくるんでソリに乗せ、しっかり膝の上で抱いて二人乗りで山を滑り降りる。「そりはアルムの山をいきおいよく降りはじめました。鳥になって空を飛んでいるようで、ハイジはキャッキャッと声をあげます」(I：76)。この場面は人気があり、数多くの挿絵や映画で視覚化されている。

ハイジと目の見えないおばあさんの出会いは、またしてもメルヘン特有の人物性格の特徴を示している。ハイジの観察力と、ある種の頑固さと無邪気さが混じり合って、恐いもの知らずの万能感のようなものが生まれるのだ。おばあさんの目が見えず、周囲の美しい自然を見ることができないという事実を、ハイジは理解できず、または受け容れられず、何とかして見えるようにしてあげようと思う。魔法で願いがかなうメルヘンの世界のような発想で想像力を羽ばたかせ、ハイジは、ガタガタ音を立てている窓の鎧戸をおじいさんに修繕してもらったら、それでおばあさんの目に光が戻るのではと考えるのだ。ここでもまた、シュピーリの直観の鋭さには驚かされる。彼女はピアジェよりもずっと早く、子どもはときに一つの言葉で、または一つの思いで現実を変えたいという願望をもつものだと気づいていたのだから。ともあれ、ハイジはすぐに、もっと直接的で有効な(もっと現実的な)解決策を見つける。目の見えないおばあさんに、アルムおんじの山小屋での生活をこと細かに話して聞かせてあげる、という方法だ。

2 危機に瀕した楽園

年月が過ぎ去り、ハイジは八歳になる。もう一年前から学校に通っていなければならなかった年齢で、学校の先生はおじいさんに何度も勧告を行うが、おじいさんはにべもなく拒絶する。しまいに、牧師がアルムの山に登ってきて説得を試みるが、失敗に終わる。牧師とおじいさんの立場は平行線をたどる。

「あの子をどう育てていくつもりかね？」

「なにもしない。あの子はヤギや鳥たちと、どんどん育っていく。動物たちといれば、すこやかに育ち、わるいことはなにも学ばないですむ。」

「だが、あの子はヤギや鳥じゃない、人間の子どもなんです。このままではわるいことは学ばないだろうが、ほかのこともなにも学ばない。だが、子どもは学ぶべきだ。そのときはすでにきている。よく考えて、夏のあいだに準備できるように、今こうしてきたんですよ。学校にいかずにすむ冬は、あの子にとってこれが最後だ。次の冬は、学校にいかないと。もちろん毎日ですよ。」（I：98）

ここでは、自然と文明の対立が議論のテーマになっている。「あの子はヤギや鳥じゃない、人間の子どもなんです」という言葉からは、ルソーの「高貴な野蛮人」の思想がすぐ思い浮かぶ。ルソーは、反省的思考や社会化が起こる以前の自然状態を、社会の悪影響から免れているがゆえに幸せと見なした。そのうえで、そういった状態を子どもの状況になぞらえている。

自然と教育

マリナ・ベトレンファルヴァイは、一九世紀の文学ではロマン主義によって子どもが「個人にとっての黄金時代[14]」を体現するものとされたこと、そして子どもと「高貴な野蛮人」はいずれも生まれつき善良な存在とされた点で似通っていたことを論じている。彼女はまた、そのような文学と過去の牧歌文学《パストラル》のあいだには共通点があると指摘した。たとえばベルナルダン・ド・サン＝ピエールの小説『ポールとヴィルジニー』（一七八七）のような牧歌文学に登場する羊飼いの役割が、のちの時代の文学では子どもで置き換えられたのだ。先に見たように、アルプスの楽園で幸せに暮らす純粋無垢なハイジには「野蛮人」の面影があるが、その一方で、孤児として辛酸をなめたという点で、ハイジは同時代の現実にもつながっている。山の厳しい生活や、おじいさんと村人たちの確執は、ここでのアルプスがけっして純粋な楽園ではないことを示している。ハイジと「高貴な野蛮人」の共通点はそこで終わる。この少女は道徳以前の状態で生きているわけではなく、すでに善と悪を区別することができるのだから。この点はヨハンナ・シュピーリにとって重要で、小説のストーリーが進行するにつれ、どんどん前面に出てくる。

おじいさんがハイジを学校に通わせるのを拒絶するのはルソーの「消極的教育」の理念を思わせるが、この理念はスイスの教育学者ヨハン・ハインリヒ・ペスタロッツィ（一七四六―一八二七）の思想にも強い影響を与えた。ペスタロッツィの考えでは、子どもは九歳になるまで読み書きを教わるべきではなく、最初の教育は親によって家庭で行われるべきとされる。貧しい子どもや孤児のために学校や寄宿舎を設立したペスタロッツィは、自然に即した学習を重視した。子どもが自然の中で育つことをよしとするアルムおんじは、まるでペスタロッツィの教育論を実践しているかのようだ……。

病気の遺伝子

ともあれ、アルムの山に戻ることにしよう。アルムおんじを文明に回帰させようとする牧師は、どうか神と人と和解するようにと促す。相手が聞く耳もたないことを知ると、牧師は今度は法に訴えると脅す。これに対するアルムおんじの主な反論は、寒い冬（山の民が子どもを学校に通わせる季節）にハイジに学校までの長い道のりを通わせることはできない、というものだ。なぜならハイジは「きゃしゃな」体質で、無理をさせると「夢遊病の気《け》があって」「ときどき発作を起こしていた」母親のアーデルハイトと同じことになるかもしれないから（I：99）。ここからは、作者ヨハンナが故郷ヒルツェルで過ごした少女時代のこと、そして彼女の父が治療していた精神疾患の患者たちのことが思い浮かぶ。

自然の懐に抱かれた曇りのない幸せな日々に、ここで影が差す。文明社会のルールと法律が、おじいさんとハイジに追いついてくるのだ。そして、社会の外で生きていくことはできないのだと二人に思い知らせる。

文明の光

シュピーリの小説は、現実味がないだけでなく反社会的で、社会の進歩や工業化には目もくれないと非難されてきた。同じ非難が、近代文明をほとんど描かなかったアルベール・アンカーの絵画にも当てはまる。ちなみに、同じように近代に背を向けた芸術家は他にも大勢いるが、だからといって否定的評価の理由になるだろうか？　たとえばコローの絵画を同じ理由で否定できるだろうか。

この方向の批判は、かなり的外れのように思われる。ハイジの楽園が一九世紀末の文明のテクノロジーで汚されていたら、この小説は魅力の大半を失ってしまうだろう。アルプスの山が（義務教育化された）学校や大都会（もうじきハイジが赴くことになるフランクフルト）と対比されることによって、文明・自然の対比が明瞭に浮かび上がるのだ。テクノロジーといえば、一九世紀の偉大な発明、鉄道も忘れてはならない！　ハイジがドイツに行って、またスイスに戻ってくるときに使うのも、ほかならぬ鉄道だ。ともあれシュピーリは、鉄道というテーマにあまり深入りはせず、この革命的な最新の交通手段に接した子どもが抱いたに違いない驚きや恐怖や熱狂を作中に描いてはいない。（なお、スイスの鉄道網は一八五〇年代に発達した。マイエンフェルト駅が開業したのは一八五八年、ゴッタルド鉄道トンネルの開通は一八八〇年）。

幸いなことに、シュピーリはデルフリまで鉄道を延長させたり、この村をトンネル掘削の工事現場にしたり、

「電気」という名の当世の魔法使いに村を照らさせたりはしなかった。ハイジの楽園は、近代化されてしまったら楽園ではなくなる――それは冒瀆に等しい。ここで冒瀆という宗教的な色合いのある言葉を使ったのは、あながち誇張ではない。そのことは、シュピーリが人間の仕事と神のみわざの対立に際しては常に断固として神を優位に据えていたことを鑑《かんが》みれば、よく分かるだろう。ロマン主義的な心をもつ人は、この感情を好んで口にする。たとえば、ヌシャテルの女性詩人アリス・ド・シャンブリエ（一八六一―一八八二）の『進歩』という美しい詩にも、その感情ははっきり表現されている。

私たちがいくら科学と技術を結集したところで
おまえの偉大さにはけっして到達できない
自然よ、おまえはかくも大きく、かくも素朴だ！
［…］
静かな光を放つ幾千もの松明《たいまつ》は
「電気」という名の新たなる女王が
夜の闇と戦う人間に貸し与えたもの
この灯《ともしび》は、あふれる日の光に代わるものか
小川の水面《みなも》できらめく木洩《こも》れ陽《び》に
澄んだ夜空の月あかりに、輝く星の光に？[15]

アルプスの山と自然は、近代的なものから逃避する場所を提供してくれる。それがヨハンナ・シュピーリの作品の中心的なメッセージだ。たった今アリス・ド・シャンブリエの詩で確認したように、同じ考えを抱いていた人は他にも多い。なので、この点にもう少しこだわることにしたい(16)。

反近代のパラダイム

クロード・レシュレールは、一八世紀以降に広まったスイス像に関して、「反近代のパラダイム(17)」という言い方をしている。

歴史の流れの外にある社会、技術変革や経済上の変化の影響をこうむっていない原始状態といった神話が、このパラダイムに特別な伝播力を与えた。アルプスを通って旅するという伝統が生まれてからは、スイスは神話が発達するに好都合な場所の一つになった(18)。

この神話は、崇高の美学、到達できないものの美学に密接に結びついている。

今日の私たちは、手つかずの楽園に対する憧れを、自然のままの原始的な社会で生きたいという願望を広く共有している。それはエコロジー・ブームや「有機的《オーガニック》」なものの人気という形で表面化しているが、じつは同じ理想を一九世紀の人々も抱いていたのだ。進行する工業化の波が、手つかずの自然の純粋さへの憧れを呼び起こしたかのように。「自然」がスイスの代名詞となり、うってつけの宣伝文句となった。おりしも一八八〇年――『ハイジ』の出版された年――には、スイスの景観と文化伝統を守るために「郷土保護協会《ハイマートシュッツ》」が設立される。

スイス連邦が発足して以降、スイス人の愛国心は高まるばかりで、いわゆる郷土様式《ハイマートシュティール》もその文脈で生まれる。これは、典型的に「スイス的」と見なされた建築様式――お城から農家から市庁舎から山小屋まで――を寄せ集めて混ぜ合わせたようなパッチワーク様式のことを指す。一八九六年にジュネーヴで開催されたスイス国内博覧会では「スイス村」が展示され、スイスのフランス語圏でもドイツ語圏でもハイマートシュティールが流行するきっかけになった。もとより、パリのマレ地区を思わせる重厚なホテル群やガルニエ宮を模したオペラハウスがあり、「小パリ」と呼ばれるジュネーヴでさえ、急勾配の屋根、切石積みの石壁、新ゴシック様式の小塔、切妻、どっしりした柱廊などをそなえた家々や公共施設や学校が数えきれないほど建てられたのだ。

そんなわけで、文明から切り離された実験室、あるいは文明のミニチュア版を作ろうと思ったら、デフォーのロビンソンやヨハン・ダーフィト・ヴィースの『スイスのロビンソン』（一八一二）の主人公たちのように無人島に流れつく必要はなくなった。ヴィースのロビンソン一家が大海原の孤島で「新スイス国」を築くのに対し、ヨハンナ・シュピーリは、扉を開ければすぐそこに――アルプスの山に――手つかずの無人島があることを知っていた。そして、自然が人間に大切なことを教えてくれるのであって、逆ではないことを。同じ考えにもとづき、ミシェル・トゥルニエは自分のロビンソン物語『フライデー、あるいは太平洋の冥界』（一九六七）を書いた。外界から切り離されて守られた聖域としての島は、思考実験にとって理想的な文学的トポスであり、ロマン主義的なトポスの最たるものだ。たとえばポールとヴィルジニーは無垢な子ども時代を島で過ごし、ハイジと同じようにある日突然、この楽園から追放される。スイスには海はないが、山はある――山はロマン主義者たちにとって、もう一つの島にほかならなかった。

『ハイジ』をここまで読んでくると、シュピーリがスイス人にありがちな情熱にとり憑かれていたことが分かる。教育熱だ。彼女の世界観に影響を与えたであろう思想を見てみても、やはり典型的にスイスのものが出てくる。自然のままの人間を善と見なし、社会の影響を悪と見なすルソーの思想や、自然を唯一の教師として子どもに自分で経験を積ませる、子どものリズムに合わせた教育を求めたペスタロッツィの思想が、先に見たように微妙な違いはあるものの、ほぼそのままの形でシュピーリの作品には採り入れられているのだ。

ハイジが経験するものごとは、「自然の学校」という発想にぴったり合致する。ちなみに一九世紀末のスイスでは、修道院を思わせる中庭のついた、壮麗な寺院のような学校が建設されていた。よく光の入る教室からは、衛生状態に気を配った建築家たちの苦労の跡がしのばれる。

きれいな山の空気、農民の知恵、田舎ならではの人の温かさと居心地よさ。そういったものを尊ぶ価値観がアルプスの山から降りてきて、都市部に広まって定着した。要するに、ハイジの世界がスイスを征服したのだ！

楽園の終わり

さて、小説の中では次々と事件が起こる。村の牧師が帰ったかと思うと、すぐにデーテ叔母さんが姿を現すのだ。ハイジを置き去りにして良心の呵責《かしゃく》に苦しんでいたデーテは、願ってもない機会が訪れたので、このたびハイジを迎えに来たのだった。勤め先のフランクフルトの「だんなさん方」に大金持ちの親戚がいて、その家の一人娘がずっと車いすの生活を送っており、遊び相手を欲しがっているという。「そのあたりにいるような子じゃなく」「素朴な、とくべつな子がいい」（I：103）というリクエストなので、ハイジこそ候補者として理想的らしい。それどころか、やや危険な妄想をふくらませ、その病弱な令嬢が死んでしまったら、寂しがった両親がハイジを養子に迎えるかもしれないとさえデーテは考えている。

大都会での生活で、デーテはすっかり変わってしまっていた。「きれいな羽つき帽子をかぶって、床に落ちているものをすべてよせあつめそうな、すその長い服を着ています。この小屋にあるものは、そんな服には似合わないものばかりです」（I：102）。この帽子は、都会的なもの――すなわち「不自然な」もの――を象徴している。この二人目の招かれざる客は、一人目の客にもましておじいさんの気に食わない。言い合いは過熱し、裁判に訴えるとか「ききたくない話まで蒸しかえされる」と脅されたおじいさんは、ついに根負けして次のような捨てゼリフを吐く。

「この子をつれていって、だめにしてしまえ！　二度とこの子といっしょに顔をだすな。この子が頭に羽つき帽子をのっけて、今日のおまえみたいな話をする姿は見たくない！」（I：105）

3　カルチャーショック

ハイジは叔母さんといっしょに行くのを嫌がるが、デーテは物分かりの悪いヤギを扱うように子どもを扱い、大急ぎで荷造りをし、フランクフルトはとてもすばらしいところだし、万が一あちらの暮らしが気に入らなかったら好きなときにアルムの山に戻ってこられると言って聞かせる。ハイジの突然の出奔は、目の見えないペーターのおばあさんを絶望に突き落とす。

第六章「新しい生活がはじまって、新しいことばかり」は、読者をまったく別の世界へと連れていく――大都会フランクフルトと大金持ちのゼーゼマン家だ。語り手のシュピーリは、アルムの山での田舎暮らしと大都会での新しい生活のコントラストを際立たせるために、ありとあらゆることをする。それが彼女の小説の最大の持ち味の一つでもある。ここで新たに描かれるのは、家具、本、瀟洒《しょうしゃ》な品々、召使いたち、御者、厳しい家庭教師のロッテンマイヤーさん、[8] そして足の悪い令嬢クララ――青白い顔で、よく勉強するクララは、ちょうどハイジを「裏返し」にしたような存在だ。

おそらくチューリヒのお上品な社交界での経験からインスピレーションを得たのだろうシュピーリは、ロッテンマイヤーさんの「頭のてっぺんで丸屋根のように高く結いあげている」髪型（I：115）だとか、使用人ゼバスティアンの「大きなまるいボタンが並んで」いるお仕着せ（I：116）だとか、「頭の真ん中に光るような白いかざり帽子を

ハイジはデーテ叔母さんに連れられてフランクフルトへ向かう（パウル・ハイ画）
（出典） Ebd., S. 73.

のせた」侍女のティネッテ（同）だとかを巧みに描写して、読者の笑いを誘う。

「粗末な木綿の服に、古くてつぶれた麦わら帽子をかぶって」いるハイジ（I：117）の到着は、「高貴な野蛮人」が王侯の宮廷に到着した様子にも似ている。この子どもの名前が「ハイジ」だと分かると、さらなるカルチャーショックが起こる。ロッテンマイヤーさんは取り乱し、それはクリスチャン・ネームではないはずだと言う……。

「ハイジ」と「アーデルハイト」と「アデライーデ」

「ハイジ」（Heidi）という呼び名は、「アーデルハイト」（Adelheid）を短縮した形だが、これまで議論の的になってきた。そんな呼び名は『ハイジ』の舞台になったマイエンフェルト近辺では使われていないというのだ。逆に、当地に住んでいたアマーリア・ユストという実在の人物

大都会フランクフルトはアルムの山とは別世界だった（パウル・ハイ画）

（出典）Ebd., S. 85.

がハイジのモデルになったという説もある。だが、とある調査によると、万が一この女性が生きて作者シュピーリに出会っていたとしても、そのころには――驚くなかれ――九四歳になっていたらしい！

クリストフ・グロは、「ハイジ」という音の響きがドイツ語の「異教徒《ハイデ》」や「荒野《ハイデ》」（Heide）を連想させることをヨハンナ・シュピーリは承知していたはずだと指摘している(19)。それとの関連で言うと、ハイジ映画としては最初のトーキー作品である、シャーリー・テンプルが主演したアラン・ドワン監督の映画（一九三七）のフランス語版のタイトルが『ハイジ、小さな野蛮人』となっているのは、かなり的を射ている。

もっと最近になって、アーデルハイトという名前はまた別の議論を呼んだ。ドイツの文学研究者ペーター・ビュトナーが、シュピーリの『ハイジ』は『アルプスの少女アデライーデ』という別の小説とそっくりだと主張したのだ。これは、今日では忘れ去られた作家ヘルマン・アダム・フォン・カンプ（一七九六―一八六七）が一八二八年（シュピーリがちょうど一歳になった年）にドイツの子どもたちのために発表した、三〇頁ほどの長さの短い作品だ。カンプの小説でも、スイス人の少女がおじいさんとアルプスの山に住んでおり、自然と調和した生活を送り、生きる喜びを歌で表現している。ところが、少女アデライーデ（Adelaide）[9]はこの楽園から突然引き離される。家族がアメリカに移住することになったためだ。アデライーデは異国の地でひどいホームシックに苦しみ、最後にはスイスに戻ってくる――あとで詳しく見ていくが、アルプスの山を楽園として描くことに加え、ホームシックという要素はシュピーリの『ハイジ』の中で重要な役割を果たす。それでは、『ハイジ』はカンプの小品『アデライーデ』を盗作したものにすぎないのだろうか？　この問題を、もう少し丁寧に見てみよう。

＊

カンプの小説の冒頭部分は、シュピーリの作品世界とあまり共通点がない。アデライーデ――この時点で十歳――が泉で顔や手足を洗おうとしているところに、オランダ人の旅行者が通りかかり、少女は恥ずかしがって赤くなる。旅人はめげず、少し前に山小屋の中で歌っていた歌をもう一度歌ってくれないかと頼む。少女は、あれはお祈りの歌だったので人前では歌えませんと断る。ただ、少女はあとでスミレの花束をプレゼントし、紳士はお礼に金貨や銀貨の詰

『アルプスの少女アデライーデ』
ヘルマン・アダム・フォン・カンプの短編『アルプスの少女アデライーデ』は，スイスから家族とともにアメリカの農場へ移住する少女の物語.
（出典） ペーター・ビュトナー 『ハイジの原点――アルプスの少女アデライーデ――』川島隆訳（郁文堂，2013 年）

まった財布を差し出す。少女は、おじいさんによくプレゼントをもらっているからお金はいらないと言う。最近も「きれいな胴着」をもらったのだという。おじいさんは信心深い人で、妻が死んでから孫娘のアデライーデを子ども代わりに引き取って育てているという設定だ。ただしアデライーデは孤児ではなく、両親も弟妹も健在で、下の谷間に暮らしている。

ある日、ドラマチックな転回が訪れる。おじいさんは、アメリカに移住した弟が世を去り、莫大な遺産を残したことを知らされるのだ。余命いくばくもないおじいさんは、自分はアメリカに行くには年を取りすぎているからと、財産を娘夫婦に譲ることに決める。夫婦は子どもたちを連れて海を渡ってペンシルバニア州に移住し、一六歳のアデライーデも同行する。しかし環境の急激な変化のせいで深刻なホームシックに苦しむ。五年後、とあるオランダ人商人を訪問したとき、スイス・アルプスを描いた絵画を目にしたアデライーデは心を揺さぶられる。その絵は商人の伯父さんのスイス土産だという。その伯父さんという人に引き合わされると、それはなんと――二度目の急転回！――かつてアルプスの山で出会った旅行者だった。彼はアデライーデをスイス旅行に誘い、彼女は両親の許可を得て、夢にまで見た故郷の地を踏む。そして、スイスに定住を決めたオランダ人紳士の養女になる。最終的に、アデライーデは善良な若い羊飼いと結婚し、恩人を死の床に看取《みと》る。

こうして見ると、『ハイジ』との違いは明らかだ。アデライーデはハイジよりずっと年上で、両親も生きている。おじいさんは信心深い。ペーターやおばあさんたちは登場しない。逆に、遺産相続やアメリカ渡航のモチーフは『ハイジ』にはない。『アデライーデ』はシュピーリ作品とはまったく違う思想で書かれているのだ。少女をのぞき見る旅行者、おじいさんが孫にプレゼントするきれいな衣装、アデライーデと両親・弟妹との奇妙に疎遠な関係――すべてがヨハンナ・シュピーリの世界とはかけ離れている。あとに残るのは、ホームシックという要素と、主人公の名前の共通点だけ。もちろん、シュピーリがどこかで『アデライーデ』を紐解《ひもと》き、影響を受けた可能性はあるが、その程度の話だ。

ハイジの故郷はドイツ？　この話題は二〇一〇年の春に各種メディアで大きく取り上げられ、あやうく外交問題に発展するところだった。しかし騒動はじき収まり、二〇一〇年四月一五日付の『新チューリヒ新聞』は、一連の騒ぎを「コップの中の嵐」と読んでいる。

＊

こうして、スイスの国民的アイドルであるハイジは危機を脱したのだった。

フランクフルトの生活

フランクフルトのお屋敷では、引き続きロッテンマイヤーさんがショックを受けている。この子は年齢が低すぎるし、クララといっしょに授業を受けようにも字すら読めないし、お行儀は悪いし、使用人になれなれしい口を利く。おまけに、ハイジのしゃべる言葉は他の人とは違うことが言及されている。路上で出会った手回しオルガン弾きの少年が、ハイジについて「話し方がかわってる」（Ⅰ：160）と言うのは、スイス方言のドイツ語をしゃべっているという意味だろう。

ハイジはやがて、フランクフルトで籠の鳥のように感じはじめる。何とかして自然に触れたいと願うが、街中にはそんなものはない。「山の風がモミの木をゆらす音」（Ⅰ：139）を聞いた気がするが、実際には馬車が道路を走る音でしかなかった。教会の塔に登れば懐かしい山の景色が見えるかと思って、こっそりお屋敷を抜け出すが、期待は裏切られる。見えるのは、どこまでも続く家々の屋根、建ち並ぶ塔や煙突だけだった。意地悪な継母《ままはは》にいじめられた子どもは、「生命を永らえるためには折をとらえて逃げださなければならない[20]」状況に置かれる――これはマル

ハイジはフランクフルトで数々のトラブルを引き起こす

（出典） *Heidis Lehr- und Wanderjahre*, a. a. O.（55 頁参照）, zwischen S. 108 / 109.

ト・ロベールがメルヘンの子ども像について語った言葉だが、ハイジも同じような状況にいると言えるだろう。この逃避行の途中で、ハイジは手回しオルガン弾きの少年に出会う。この口下手な少年は、イザベル・ニエール＝シュヴレルの解釈[21]によれば、同じくらい口下手なヤギ飼いペーターの分身が都会に現れたものである。作中で「みすぼらしい男の子」（I：159）、「汚らしい坊主」（I：160）と言われる少年は、生きるために物乞いをしなければならない境遇にいる。いわば都会の貧困を象徴する存在である。アルプスの山で暮らすペーターが、貧しいとはいえ大自然の中で、きれいな空気を吸って健康的に生きているのとは対照的だ。

ハイジが悪気なく引き起こすトラブルの数々は、それまで退屈な生活を送っていたクララを面白がらせる。しかし怒りっぽいロッテンマイヤーさんは頭にきて、「今にも爆発しそう」（I：154）だ。ハイジがお屋敷に大勢の仔猫を――おまけに亀まで！――連れ込むと、ロッテンマイヤーさんは悲鳴をあげる。そして、とうとうこんな脅し文句を吐くのだ。

「アーデルハイト、おまえのようなしつけのなっていない子に、ききめがあるお仕置きは、ひとつしか思いつきません。暗い地下室でヤモリやネズミとすごしたら、こんなさわぎを起こそうなどと二度と思いつかなくな

るでしょうかね。」（I：166）

けれども、「小さな野蛮人」は一向に動じない。それからハイジはクララの家庭教師の先生に勉強を教えてもらうが、ABCがまったく頭に入らず、文字を見ると他のことを連想してしまう。小さな角のような字を見たら、すぐヤギのこと考えてしまうし、クチバシのような字を見たら、鷹《たか》のことを考えてしまうのだ。ハイジの想像力は、アルファベットの起源である象形文字にまで飛躍する。お絵描きが文字の習得に先立つとペスタロッツィは考えていた。けれどもハイジにとっては、絵や模様が、それどころか一本の線が言葉よりもはるかに雄弁に語り、はるかに深い意味をもつのだ。あとで詳しく見ていくが、ハイジが読めるようになるきっかけは、クララのおばあさま（ゼーゼマン夫人）が与えてくれた絵本だった。この点も興味深い。ハイジが現代に生まれていたら、きっと漫画が大好きな女の子になっていたことだろう！

周囲の人たちの苦心と善意にもかかわらず、ハイジは都会での生活になじむことができず、アルムの山を忘れることもできない。ちょっとしたお話、目に入った文字の形——何かにつけ、懐かしい山と愛する人々のことを思い出してしまうのだ。ペーターのおばあさんにあげるため、ハイジは白パンを集めて隠す。とにかく故郷に帰るために着々と準備を進めるが、障害にぶちあたり、どんどん疎外感に苦しむようになり、しまいに深刻なホームシックに陥る。ハイジは次のように思いのたけを語る。

「でも家に帰りたいの。こんなに長いあいだ離れていると、〈雪っ子〉はかなしがるに決まってる。それにおばあさんも待ってるし、ヤギ飼いのペーターはチーズをもらえないと、〈アトリ〉をむちでたたくし、ここでは太陽が山におやすみなさいをいうのも見られない。もしも鷹がフランクフルトの空を飛んだら、いつもよりずっと大きな声で鳴くわ。こんなにたくさんの人がごちゃごちゃにかたまって、けんかばかりしてる、山に登って

元気になればいいのにって。」（I：171）

そんなハイジは、ロッテンマイヤーさんの目には「頭がときどきすこしばかりおかしくなる」（I：185）と映る。第九章では、クララのお父さんのゼーゼマン氏の帰宅が描かれる。ゼーゼマン氏は穏やかで、教養があり、とても心の広い人物だが、仕事でしょっちゅう家を空けている。そのためロッテンマイヤーさんが家政全般を取り仕切っているのだ。彼女はあまり母性的な人ではないが、それでも母親代わりの役もこなしている。クララの母親、つまりゼーゼマン氏の妻はもう亡くなっている。またしても、シュピーリの小説によく見られる母親不在の構図が現出しているわけだ。

この第九章は、最も面白い章の一つだ。ここでは主人公ハイジの多面的な性格が浮かび上がる。シュピーリは、三つの異なる視点からハイジの人物像に光をあてる。ロッテンマイヤーさんの視点、家庭教師の視点、クララの視点。三人がそれぞれ違ったハイジの像を描き出すことになる。

ロッテンマイヤーさんの視点

ロッテンマイヤーさんとゼーゼマン氏の会話は非常に興味深いので、ここで詳しく見ておきたい。

「ご存じのように、クララのためにあそび相手をお屋敷に受けいれることにしました。それであなたさまが、お嬢さまがすばらしいものに取りかこまれるように気配りなさっているのは承知しておりますので、わたくしはスイスの娘がいいと思いました。本で読んだのですが、清らかな山の空気から生まれた、いわば地面にもふれずに育ったような子を招けるのではないかと思ったのです。」

「だが」と、ゼーゼマンさんが口をはさみます。「スイスの子も歩くときは、地面にふれるのではないかな。でないと、翼でもはえていることになる。」

「まあ、ゼーゼマンさま、おわかりでしょうに。」と、ロッテンマイヤーさんは話をつづけました。「つまり、申しあげたいのは、よく知られているように、高く、清らかな山で育った者は、理想的な息吹をもたらしてくれるような人だということです。」

「しかし、かわいいクララにも、その理想的な息吹がもたらされて、どうなるというのかね、ロッテンマイヤーさん。」（I：180-181）

この会話の最後に、ロッテンマイヤーさんは次のように言う。

「あの子どものすることといったら、わかりようがありません。理解力に問題がある子どもの発作だと思うしかないのです。」（I：181）

ロッテンマイヤーさんは、スイスの山の子どもについて驚くべきイメージをもっている。堕落した人間社会に毒されず、原始状態の汚れのなさを保った、天使のように無垢で清純な存在――これをロッテンマイヤーさんが「本で読んだ」と言っていることに注意したい。つまり彼女は、スイス人の子どもを理想化して別世界の天使として描いたロマン主義文学の数々に影響されていたのだ。さらに、アルプスの山々を純粋で素朴な楽園的世界として描いたベルンの医師で詩人アルブレヒト・フォン・ハラー（一七〇八―一七七七）の影響もあるだろう。たとえばハラーは有名な詩『アルプス』（一七二九）で、次のように山の民を礼賛している。「自然の子らよ、汝らはいまだ黄金時代に生きている！」[22]。「ここでは理性が自然に導かれて王座に就いている」[23]。ルソーの『新エロイーズ』（一七六一）と並んで、ハラーの詩はスイス・アルプスの神話の形成に大きく寄与した。そうやって理想化されたスイスの土地に、やがて観光客や湯治客が大挙して押し寄せることにもなる。一八世紀のものとしては、チューリヒの詩人ザロモン・ゲスナー（一七三〇—一七八八）の牧歌も重要だ。ゲスナーは、伝統的な牧歌文学の舞台をアルプスに移し、羊飼いと子どもたちが神を敬いながら大らかで道徳的な生活を営む、新たな理想郷《アルカディア》のイメージを描き出す。

　ロッテンマイヤーさんの考えは矛盾をはらんでいる。清らかで純粋な子どもがいいと思う一方で、素朴すぎるのはダメなのだ。天使のような子ども、ただしお行儀のいい天使。あるいはしつけの行き届いた野蛮人。そのような理想像は目の前の現実に一致しようがないので、ロッテンマイヤーさんにとってハイジは必然的に、あるいは逆説的にと言えるだろうか、幻想をぶち壊す存在となる。しつけのなっていない、怪物的な、頭のおかしい子どもと見なされるのだ。

　ちなみに、文明化されていない「野蛮人」というスイス人の否定的なイメージも、昔からステレオタイプとして広く定着していた。当時の旅行者たちは、好奇心と嫌悪が入り混じった態度で、狭いところに家族全員が家畜といっしょに暮らしているスイス人の家の貧しさと汚らしさをのぞき見て報告している。学がなく、腺病質で、身体が曲がり、頭が悪く、奇形や病気が多い——山の民はそんなふうに描かれ、近親婚が多いせいだと説明される。場合によっては、山の民が飲んでいる濁った石灰質の水のせいだとか、ヨウ素が添加されていない塩のせいだとか、沼地の臭気のせいだとか言われることもある。のちの世には、なんと「クレチン病患者や甲状腺腫患者」の写真が載った絵ハガキが出回ったりもした。都会人にとっては、「こんなに崇高で美しい自然の中に、こんなに醜い人たちが住んでいる」というのが驚きの的だったわけだ。

　スイス旅行をしたヴィクトル・ユゴーは、ルツェルン近郊のリギ山の風景を、次のような言葉で描写している。

　岩の割れ目に一人の白痴が座り、足をぶらぶらさせていた。甲状腺腫ができ、ひょろひょろした身体で顔の大きな男だ。顔一面に日の光を浴び、へらへら笑いながら、虚空を見つめている。ああ、台なしだ！　アルプスはすばらしい眺めなのに、それを眺めているのはクレチン病患者だとは(24)。

『ハイジ』第二部（『ハイジは習ったことを役立てる』）では、アルムの山を訪れたゼーゼマン氏が、ヤギ飼いペーターが恐がって逃げていく――なぜ恐がっているのかは本書の第三章第2節を参照――のを見送りながら、「おかしなはずかしがりやの、山の子だ」（Ⅱ：179）と言う。同じ箇所で、「山育ちのそぼくな男の子」という言い方もしている。つまりペーターは、一九世紀末の人々が抱いていたネガティブなスイス人イメージに合致するところがあるのだ。

いずれにせよ、ゼーゼマン氏とロッテンマイヤーさんの会話からは、クララの遊び相手をスイスの山から連れてくるという無謀な計画の主導権を握っていたのはロッテンマイヤーさんだということが明らかになる。家庭教師の言葉を借りると、ハイジが「急にフランクフルトにつれてこられる」（Ⅰ：183‐184）ことになったのは、要するにロッテンマイヤーさんのせいなのだ。そのことから、ロッテンマイヤーさんがゼーゼマン家のお屋敷でどれだけ重要な地位にいるかが分かる。ただし、ハイジがフランクフルトに連れてこられたのは、ロッテンマイヤーさんとデーテ叔母さんの「約束」（Ⅰ：124）にもとづく取り決めでもある。二人は事前に話し合い、ほとんど児童誘拐すれすれの悪だくみを計画し、実行に移したのだ。そんなわけで、この二人がストーリーを動かしてハイジの不幸を招き寄せた元凶なので、この小説の中では最も悪役らしい登場人物だと言える。ただ、最終的にハイジに幸せが転がり込むのも、やはり二人のおかげだと言えるわけだが。

家庭教師の視点

それでは家庭教師の視点に移ろう。「えらい先生[10]」（Ⅰ：122‐123）と呼ばれる彼ならば、教育の専門家として何かまっとうなことを言ってくれそうなものだと読者は期待するが、この先生はやたら難解な専門用語をちりばめた回りくどい話し方をする。

「あのお嬢さんの気質について申しあげるならば、ゼーゼマンさん、まずお気にとめていただきたいのは、たしかにあの子の発達の具合については、一面におきましてはおくれているところがあるということでございます。それは、多かれ少なかれ教育がおろそかになっていたこと、いえ、より正確にいうならば、きちんとした授業を受けるのがおくれたためでしょう。そしてやはり長くアルプスの山で、人びとから離れて生活していたことが原因でございましょう。

ですが、そうした生活が、一面におきましては、多かれ少なかれ、あの子のいい面も引きだしていることは、はっきりわかるのでございます。もちろん、その生活もある一定の期間をこえなければ、ということではございますが、それはうたがいようもなく、あの子のいいところを……」

「あのお嬢さんについて立ちいったことは申しあげたくはないのでございますが」と、先生はまた話しはじめました。「というのも、一面におきましては、あの子には社会性がないと申しますか、社会的な経験をほとんどしておらず、つまり、急にフランクフルトにつれてこられるまで、多かれ少なかれ文化的な生活をしておりませんでした。もっとも申しあげたいのは、こうしてここにきたことは、あの子の発達にはかならず役立つといえましょう。とはいえその一方で、発達していないとはいいましても、かろんじてはならないゆたかな素質がありまして、あらゆる面から慎重に導いていけば……」（I：182–184）

家庭教師の意見では――要するに――ハイジは生まれ育った場所が辺鄙《へんぴ》なので教育を満足に受けておらず、やや発達障害の気があって勉強不足だが才能は豊かだ、ということになる。ここでも、文明の恩恵に浴していない「高貴な野蛮人」のイメージが顔を出す。ハイジは、ペスタロッツィ思想の影響を受けた教育方法にうってつけの子どもなのだ。

クララの視点

最後にクララの視点。彼女は父親のゼーゼマン氏に、もう少し堅苦しくないものの見方を伝える。クララは、ハイジがいい子で、周囲の人を笑顔にして、退屈を紛らわせてくれると言うのだ。「それにハイジは、たくさんおしゃべりをしてくれるの」（I：185－186）とクララは熱っぽく語る。そして、どうかハイジを山に追い返さないでくれと頼む。

クララの意見に後押しされ、ゼーゼマン氏は自分の母親にあとのことを任せると決め、また出張に出る。ここでシュピーリが導入する新しい登場人物、クララのおばあさまは、これから先、ゼーゼマン家のお屋敷で重要な役割を果たすことになる。伝統の守り手、知恵の泉、信仰の泉としてのおばあさん――これは同時に、シュピーリの小説によく出てくる典型的な善玉でもある。

クララのおばあさま

こうして、クララのおばあさまが登場してハイジと仲良くなる。おばあさまが最初にするのは、ハイジに読書の手ほどきをして、想像力を働かせる楽しみを教えることだ（ハイジの想像力はもともと活発に働いているが）。そして読書は、ハイジ自身だけでなく周囲の人々をも変える技術となる。そのことについては、のちほど詳しく扱う。

けれども、この善意の人の登場にもかかわらず、ハイジはどんどん追いつめられていく。山に帰れるという期待

鬱になったハイジ（ジェシー・スミス画）

（出典） *Heidi*, op. cit.（53頁参照）, between p. 138 / 139.

は裏切られ、フランクフルト滞在は無期限だということが分かるのだ。ハイジは不幸だが、ここから逃げ出したら、クララやおばあさまのように自分が好きな人たちを悲しませると思って自分を抑えている。この自分自身との葛藤は、誇り高い闘いではあるが、高度なリスクをともなう。危険な兆候はすぐに身体上に表れる。食欲がなくなり、顔色が悪くなり、不眠に苦しみ、ひっきりなしに涙を流し、日の光を見るのも耐えられなくなる。ハイジは鬱になったのだ。これは作者シュピーリ自身が体験したことにほかならない(25)。

クララのおばあさまは、自分の敬虔主義的な信条に沿った解決策を提示する。お祈りをして、神さまを信じることだ。つまり、ハイジが苦しみと悲しみに打ちのめされるのは、ハイジが神のもとへ到る道を示すための伏線なのだ。そんなわけで、物語の三分の二が過ぎたところで、ヨハンナ・シュピーリは自分自身にとっての根本的テーマであり、自分の生活の中心的要素であるものを本格的に作品に導入する。宗教である。たしかに、先に見たように、牧師が短く登場してアルムおんじと論争したり、おんじが信仰を失っていることを示す記述がいくつか出てきたりはしていた――しかし、それだけだった。ここで初めて、読者はハイジが神さまにお祈りをしたことがないことを知る。「前にいたおばあさんの家」(I：202)、つまりデーテの母親の家ではお祈りをしたことがあったようなのだが、ずっと前のことなので忘れてしまっている。ということは、アルムおんじと同様、ハイジも今までは異教徒のような生き方をしてきたわけだ。自然の懐に抱かれながら、湖や山々の偉大さと神聖さだけを崇《あが》めるような生き方を……。けれども今は緊急事態なので、ハイジはただちに行動に移る。

そういわれてハイジはとびだしていき、自分の部屋にもどりました。いすに腰かけ、両手を組み合わせて、神さまに向かって、心に抱えるつらい思いをなにもかも話しました。そして、「お助けください、家に、おじいさんのところに帰してください。」と心からお祈りしました。(I：203)

お祈りするハイジ

（出典） Ibid., p. 171.

孤独な少女は、ついに心の支えを、自分の苦しみと悲しみを打ち明けられる相談相手を見つけたのだ。けれども、ハイジのお願いは少しばかり大きすぎ、少しばかり押しつけがましすぎるものだった。ハイジは奇跡を期待するが、奇跡は起こらなかった。アルムの山に帰りたいという願いを神さまに今すぐかなえてもらえなかったので、ハイジはがっかりする。そんなハイジに対して、クララのおばあさまは再び教えを説く。「心からお祈りをつづけて、すぐに逃げだしたりせず、信じる心を失わなかったら、ずっとすばらしいものをさずけてくださる」（I：211）。神さまは、祈りを捧げる人の願いを聞き届けてやる適切なタイミングを見はからっているのだ――これは、シュピーリ作品のほとんどすべてに共通して見られる教訓だ。

神を信じる子ども

マリナ・ベトレンファルヴァイが指摘するように、「信心深い子ども」はロマン主義が愛好したモチーフの一つだった。

キリスト教と、一八世紀に新しく始まった「子ども」の価値づけには、直接的なつながりがある。この新たな価値づけは、ロマン主義文学に好んで描かれた子ども像に、最初の明瞭な痕跡をとどめている[26]。

信心深さは、ロマン主義的な子ども像に通底する本質的な特徴の一つである――たとえば『ポールとヴィルジニー』や、マルスリーヌ・デボルド＝ヴァルモールやラマルティーヌの子ども描写を見てみるとよい(27)。シャトーブリアンは、子どもは本能的に信心深いものだと熱っぽく語っている(28)。

> ロマン主義的な子どもは信心深く、愛に満ち、不幸な人々や動物にひたむきに同情し、人間と生命を深く信頼している。悪を知らないからである。［…］子どもは自然と調和しつつ生き、無意識のうちに万物と深くつながっているように見える(29)。

これぞ、まさにハイジではないか！

読書する子ども

ハイジがお祈りと、新たな宗教的な次元とを発見するのと同時に、もう一つの扉が開く——読書の扉が。なお、知的な目覚めがキリスト教信仰を後押しするというのは、典型的にプロテスタント的な発想である。この扉まで導いてくれるのも、登場してから一貫してハイジを支えつづけるクララのおばあさまだ。ここでは本当に奇跡が起こる。突然、「いわば一晩で」（I：204）ハイジは字を読めるようになり、この生徒の物覚えの悪さに匙《さじ》を投げかけていた家庭教師の先生をびっくりさせるのだ。ここではもう一つ、（一九世紀中に児童書に導入されて普及した）挿絵の存在が、本を読みたいというハイジの気持ちに拍車をかけ、進歩を促したという点にも注意したい。

読書するハイジ

（出典） Ibid., p. 157.

こうしてハイジは読書好きになる。ハイジは自分が読んだものを全部本当のことだと額面どおりに受けとり、お話の登場人物に完全に感情移入する（独りきりで外国に行って、また故郷に戻って幸せになる羊飼いの物語などを読んだときなどは、なおさらだ）。ここでもまた、シュピーリは児童心理に精通しているところを示す。このぐらいの年齢の子どもは、「これは本当のお話なの？」とよく知りたがるものなのだ。死にかけのおばあさんのお話を読んだときには、ハイジはわっと泣き出す（I：213）。ペーターのおばあさんが死んでしまったと思ったからだ。クララがどれだけ慰めてもハイジが泣きやまないので、ロッテンマイヤーさんが口を挟み、本を取りあげると脅す。ハイジは本のおかげで大きな精神的進歩を遂げるのだが、ここに至って、ハイジの不幸はまた別の形をとるようになっていることが分かる。かつては字が読めなかった自然児ハイジは、本を読みすぎで調子の狂った本の虫ハイジに変貌し、いわばドン・キホーテ的な特徴をそなえるようになるのだ。

ゼーゼマン家の幽霊

ゼーゼマン氏もその母親もお屋敷を出ていってしまってからは、緊張が高まる。昼間のあいだはハイジの精神的危機がゼーゼマン家の人々を煩わせるが、夜になると、不可解な物音がしたり扉が勝手に開いたりして人々を恐がらせる。このお屋敷には幽霊が出るのか？　使用人たちはびくびくしながら家中を見回るが、何も見つからない。夜中には武器を手に交替で見張りをして、侵入者を捕まえようとする。突然、夜中の一時に「白い人影」（I：222）が現れ、また消え失せる。みんな震え上がってしまう。アルプスの少女の物語が途中からゴシックホラー小説になるとは、誰が予想しただろうか？

ロッテンマイヤーさんが解決のために動きだし、不在のゼーゼマン氏とその母親に手紙を書いて状況を報告する。けれども二人とも事態を深刻には捉えず、ロッテンマイヤーさんは機嫌を損ねる。とくにクララのおばあさまの返事は、せいぜい自力で幽霊に立ち向かえ、といった人をバカにするような内容だった。そこでロッテンマイヤーさんは思い切った手段をとる。お屋敷で起こっている恐ろしいできごとについて、子どもたちに話して聞かせたのだ。ハイジは何を言われているのかよく分からず、気にも留めないが、クララは死ぬほど怖がる。ロッテンマイヤーさんは改めてゼーゼマン氏に手紙を書き、お嬢さまが恐怖のあまり健康を害しかねないと警告してみる――すると効果覿面《てきめん》で、心配した父親は二日後にはもう帰宅してくる。

自分の帰宅後にクララがすぐ元気になったので安心したゼーゼマン氏は、すべては使用人たちの悪ふざけではないかと考える。これにはロッテンマイヤーさんは大いに不満で、今回の幽霊は、かつて不幸な死に方をした「ゼーゼマン家の先祖が屋敷をうろついて、恐ろしいことをしでかしている」（I：229）のだと信じている。今度はゼーゼマン氏が少し腹を立て、「りっぱな先祖たち」（I：227）の名誉を挽回しようとする。こうして緊張がますます高まっていく。

家中の人たちがみんな幽霊はいると信じて疑わないので、ゼーゼマン氏は幽霊と対決することに決める。証人になってくれる味方が欲しいので、彼は友人のクラッセン医師を呼び、冗談まじりに事の顚末《てんまつ》を打ち明ける。二人は幽霊を見張るために徹夜の準備をして、上等のワインを何本か用意させる。ついでに燭台《しょくだい》を二つと、回転式拳銃も二丁。用心に越したことはないから……。

そして時計が一時を打つ。二重に鍵をかけ、つっかい棒をした玄関の扉が、ぎしぎし音を立てて開く。ゼーゼマン氏はピストルと燭台をひっつかむ。幽霊が出たぞ！「だれだ？」とお医者さまは叫ぶ。するとそこには、白い寝間着を着た少女が、怯えきって立っている。

白いネグリジェを着て、裸足で立っていたのは、ハイジでした。明るい光と銃をこまった顔で見つめ、風に吹かれる木の葉のように、全身を小刻みにふるわせています。（I：231）

ゼーゼマン家の幽霊の正体はハイジだった（ルドルフ・ミュンガー画）

（出典） Johanna Spyri, *Heidi*, Originalausgabe, 5. Aufl., München, Lentz, 2000, S. 155.

しかし、どうしてこんなことになったのか？　謎の答えは？　お医者さまが問診した結果、この子が毎晩同じ夢をみていたことが分かる。ハイジは、おじいさんの家にいるつもりで、星を見ようとして扉を開けたのだ。

そこで医師は決定的な診断を下す。ハイジは「夢遊病にかかっている」。そして「ホームシックでふらふらになっていて、骨と皮だけになるほどやせてしまっている」（I：235）。前々から「食事もできなく」（I：200）なっていたハイジは、今日なら拒食症と診断されるかもしれない。母親との関係がうまくいっていない少女に多いとされる精神疾患だ。ハイジの夢遊病は深刻なホームシックを無理に我慢していたせいで「神経がたかぶって」（I：236）起こったものであり、このままにしておくと、眠ったまま歩いて「屋根に登ったりして」（I：240）生命を危険にさらすかもしれない……。

ハイジと精神医学

ゼーゼマン家のお屋敷を徘徊《はいかい》する幽霊は、ハイジの分身だった。ハイジと周囲の人たちは、抑圧されていたものの回帰に直面するのだ。この幽霊騒ぎのエピソードに関連して、シュピーリは何度も「不気味な（unheimlich）」という表現を使っている。先にも見たように、C・F・マイヤーが小説『女裁判官』で用い、のちにフロイトが注目することになる言葉だ。この言葉の語幹にある「わが家《や》（Heim）」は、先祖伝来の、安心できる、慣れ親しんだ領域を意味する。これに否定の接頭辞（un-）がつくと、それとは逆に不安、疎外、脅威を告げ知らせる言葉になる。

夢遊病は人類の歴史と同じくらい古くから存在する。子どもの症例が比較的多く、家庭環境においてストレスがかかったり、神経を刺激されたりすると起こりやすい。重症化すると本当に事故につながる危険があり、窓から転落するケースもある。ハイジに関しても、まさに同じことが言える。一九世紀には、こういった現象は強い関心を呼び、当時「実験心理学」と呼ばれた営み（現代の心理学の先駆のようなもの）は、膨大な数の研究や実験をもたらした。

二重人格や催眠、ありとあらゆる神経症《ノイローゼ》やヒステリーなどが研究の対象となった。同じ時期に心霊主義が台頭し、こっくりさんや幽霊物語が流行していたことは、よく知られている。

夢遊病への関心、というより興味は、もちろん医学の分野に限定されるものではない。大昔から、さまざまな芸術ジャンルがこの現象を取り扱ってきた。たとえばシェイクスピア悲劇のマクベス夫人や、それを絵画の題材としたヨハン・ハインリヒ・フュースリの『眠りながら歩くマクベス夫人』（一七八四）。あるいはヴィンチェンツォ・ベッリーニのオペラ『夢遊病の女』（一八三一）や、これに影響を与えたウジェーヌ・スクリーブの一八一九年の同名のヴォードヴィル喜劇など。ベッリーニのオペラは、夢遊病のせいで婚約者とは別の男の寝室に入り込んでしまう娘アミーナの運命と、思いがけず美しい娘に夜這《よば》いをかけられる格好になったロドルフォ伯爵の葛藤を通じて、そもそも「夢遊病者を起こすべきかどうか」という難問を投げかける。

医師エティエンヌ・ウジェーヌ・アザン（一八二二―一八九九）は、夢遊病という現象について次のように書いている。

自然発生または人為発生の夢遊病患者においては、いわば精神が過度の刺激を受けている可能性がある。そして精神機能のいくつかが、たとえば記憶の領野が甚だしく活性化されるか、または突然の機能低下が起こる。(30)

これもまた、とてもよくハイジに当てはまりそうな記述だ。

ホームシック＝スイス特有の病気

ハイジに対する治療として有効なのは、もはや一つしか考えられない。すぐにアルムの山に帰すこと。アルプスの山の空気だけが少女を癒すことができる――そう医師は宣告する！

「これは、薬で治る病気ではない。あの子はがんじょうな性質の子ではない。すぐにあの子が慣れ親しんだ、山のすがすがしい空気の中に帰してやれば、たちまち元気になる。」(I：236-237)

病気をめぐるこのような考え方は、やがて高地の療養所《サナトリウム》に莫大な収益をもたらすことになる。このテーマにはのちほど立ち戻ることにして、さしあたりホームシックという疾患とその原因について見ていくことにしよう。かつてホームシックは本当の病気と見なされ、かつスイス特有の病《やまい》と考えられていた(「スイス病」と呼ばれたこともある)。外国で軍務に就くスイス人傭兵のあいだでよく見られ、場合によっては死に至るものとされた。治癒のためには患者を高地に戻すしかない。そうすれば「動脈が圧迫から解放され、心臓への負担が減る」からだという。ホームシックについては、「想像力の疾患」という言い方もされた。

フランスの医師カステルノーは、ホームシックを論じた一八〇六年の博士論文で七つの症例――そのうち五例がスイス人――を扱っているが、唯一の有効な治療法は患者を故郷に送り返すことであると大真面目に主張している。アルブレヒト・フォン・ハラーも、この病気にかかった患者を治療するには、なるべく薄い空気を吸わせるために高い塔に収容するのがよい、などと提案したらしい！

深刻なホームシックの発作を惹き起こす危険のあるものとして、「牛寄せ歌」が有名だった。放牧地で牛飼いが牛を呼ぶために歌う、アカペラの歌のことだ。スイス西部のフリブールから北東部のアッペンツェルまで、広い地域が発祥の地とされる。この歌についてレシュレールは、「風景と結びついたメロディ」、または「音になった風景」という言い方をしている。[31]

言い伝えによると、スイス人傭兵は牛寄せ歌を歌うのを禁じられていたという。歌のせいでホームシックを患《わずら》い、脱走する危険性が高かったためとされる。牛寄せ歌は、「音だけで故郷の風景を思い出させる」[32]力があるかのようにアルプスの記憶をありありと呼び覚まし、外国に駐留している兵士たちの心を強烈に揺さぶった。この歌が有名になるのには、ジャン＝ジャック・ルソーも一役買った。『音楽辞典』（一七六七）で――中国、ペルシア、カナダなどの歌と並んで――「エキゾチック」な歌の例として言及したのだ。

牛寄せ歌の影響を受けた音楽、戯曲、詩歌などの作品は枚挙に暇《いとま》がない。代表例としては、スイス建国の英雄たちの事績を描いたフリードリヒ・シラーの戯曲『ヴィルヘルム・テル』（一八〇四）や、同名のロッシーニのオペラ（一八二九）がある。やや知名度は低いが、ウィリアム・ダンラップのオペラ『射手たち、またはスイスの山の民』（一七九六）は、アメリカ合衆国で作曲された最初のオペラとされる。音楽家ではリスト、ベートーベン、ベルリオーズ、シュトラウス、シューマンが牛寄せ歌をモチーフに作曲を行っている。驚くべきことに、ワーグナーさえも（『トリスタンとイゾルデ』）。

ヨハンナ・シュピーリの母メタ・ホイサーも例外ではなく、『黄金の野』という詩の中で、アルプスの山で歌われる歌に触れている。

ありし日には、いかに牧童たちの歌が
子どもらの歓声が、放牧地の牛寄せ歌が
リギ山の高みに、ルッフィの森にこだましていたことか！(33)

メタ・ホイサーは、他にも『ホームシックを患う人は幸せだ』と題する詩を書いている。なぜ幸せか。それは、シュピーリのハイジやカンプのアデライーデと同様、何が何でも故郷に帰るからだという。

4　ハイジの帰郷

ハイジを救わなければ！　医師の診断を聞いて、一刻の猶予もならないと思ったゼーゼマン氏は、夜明けを待たずに動きはじめる。すぐに出発の準備だ！　まだ朝の四時半だが、ゼーゼマン氏は家中の人たちを叩き起こし、ハイジの旅支度を整えさせる。すると、すっかり慌てたロッテンマイヤーさんは、うっかりボンネットを前後逆にかぶってしまい、そのため「遠くから見ると、背中の上に顔があるようです」(Ⅰ：239)。意外と知られていないことだが、こういうコミカルな場面を描写させると、シュピーリは持ち味のユーモアを存分に発揮する。フランクフルトの別のお屋敷で働いているデーテが呼ばれるが、もう一度アルムおんじと対面するのは考えるのも嫌で、あれこれ言い訳をしてハイジに同行するのを拒む。そんなわけで、ゼーゼマン家の使用人のうちで一番ハイジに優しかったゼバスティアンが選ばれ、ハイジを山に送り届ける役目を押しつけられる。

一刻も無駄にはせず、ハイジとゼバスティアンは二人で列車に乗り込み、まずバーゼルをめざす。それから列車を乗り換え、マイエンフェルトまで旅をする。ゼバスティアンはフランクフルトの都会しか知らず、山は危険ではないかと恐がっていて、急な坂道を登るのが憂鬱でたまらない。そこで、気はとがめたものの、馬車でデルフリまで行くパン屋にハイジを預けて、連れて行ってもらうことにする。パン屋はハイジに直接会ったことはなかったが、噂にはよく聞いていた。つまり、ハイジはこの界隈ではちょっとした有名人だったのだ。村人たちは、ハイジが突然帰ってきたこと、アルムおんじのところに戻ろうとしていることを知って驚く。アルムおんじはといえば、前よりもっと引きこもりがちになり、近寄ったら殺す、と言わんばかりの顔をしているという。

ペーターのおばあさんに白パンを届けるハイジ
（出典） *Heidi*, op. cit.（53頁参照）, p. 195.

楽園に帰る

懐かしい山の風景を目にしたハイジは、感動で「体のあちこちがふるえてしまいます」（Ⅰ：254）。道の途中で、ハイジはまずペーターのおばあさんのところに寄る。あいかわらず、おばあさんは死んでしまっているのではないかと心配だったからだ。ハイジは母親の愛への欲求をおばあさんに向けている、とも言えるだろう。フランクフルトにいるあいだ、ずっとおばあさんのことを考え、お土産にしようと白パンをこっそり蓄えていた。そんなことをすればコチコチになって食べられなくなるとも知らずに。無事おばあさんに新しいパンを届けてから、ハイジは神秘的でさえある美しい山の風景のまっただなかを、おじいさんの山小屋へと登っていく。

夕暮れどきの太陽が、緑の草におおわれた山を照らしています。シェザプラナ山は雪に包まれて、きらきら光っています。ハイジはすこし歩いては立ちどまり、あたりを見まわしました。登っていると、高い山がうしろ側になって見えなくなることがあったからです。このとき足もとの草が赤くかがやいて、ハイジはまたくるりとふりかえりました。
こんなにすばらしい気持ちは味わったこともなく、夢でも見たことがありません。ファルクニス山の岩の頂が、空高く燃えるようにかがやき、その上にばら色の雲がかかっています。広がる草原は金色になり、あちこちの岩場がかがやき、光を反射して、ずっと下の谷はかぐわしい香りと金色の光に包まれています。（Ⅰ：261－262）

この風景を見たハイジの心の中に、まだ味わったことのない宗教感情が湧き起こる。この瞬間にはじめて、クラのおばあさまの教えが意味をもつ。ハイジを狂気と死のふちまで追いつめたフランクフルトでの試練の数々は、文字どおりの意味で通過儀礼《イニシエーション》だった。この試練のおかげで内面的に成長した少女は、お祈りの意味と、神を信頼することを知るのだ。

このすばらしい景色を見つめていたハイジのほおには、よろこびのあまりこぼれた涙が伝わっていました。手を組みあわせ、天をあおぎ、家にもどれるようにしてくださった神さまに大きくお礼をいわずにはいられませんでした。

なにもかもがうつくしく、記憶の中の光景よりもずっとすばらしく、そこに自分がまたいるのは、なんとうれしいことでしょう。ハイジはこのすばらしい景色の中でとてもしあわせで心が満ち足りて、神さまへのお礼の言葉も見つかりませんでした。（I：262）

ハイジは故郷に帰り、楽園を再び見出したのだった。

ハイジは深く眠りこんでいて、歩きだすことなどまったくありませんでした。心をこがすようなあこがれが、やっと満たされたからです。夕焼けに赤らむ山や岩壁をまた見ることができました。モミの木のざわめきもききました。アルムの我が家に、また帰ってこられたのです。（I：268）

ここに至ってすべてが調和し、神と人間と自然がいわば理想的な三角形を描く。ハイジは自分自身と和解し、世界と和解したのだ。あるいはアルブレヒト・フォン・ハラーの言葉を借りれば、「疲れるばかりの虚しい営みから遠く離れ、ここには魂の安らぎがある。都会の煙もここまでは追ってこない(34)」。

五感で味わうアルプス

ここで、ハイジが故郷に帰る場面を、古今のスイス旅行記を集めたアンソロジーからの引用と対比してみたいという誘惑に駆られる。ジュネーヴの自然科学者で、ルソーの友人でもあったジャン・アンドレ・ド・リュックの『スイス各地についての手紙』（一七七八）のうち、イギリス女王のお付きの女性S嬢がアルプスの山の景色を目にしたときの反応を描いた箇所のことだ。

彼女はしばらく夢想に耽っているようであったが、そのうちに彼女の半ば閉じた瞼《まぶた》から涙があふれ出た。間髪を入れず、彼女の唇に笑みが浮かんだ。自分が泣いたことを言い訳するかのように。「わたくし、どうしたのでしょう?」と彼女は不思議そうに問うた。「本当に幸せで涙が出てきましたわ。[…] いきなり子どもに戻ってしまったのかしら?」[35]

この箇所を、アンソロジー編者クロード・レシュレールは次のように解説している。

S嬢は、よく泣いた子どものころの屈託なさや素朴な幸せを取り戻し、全体的な生の感情を思い出す。彼女は自然と共鳴して心を開く。[36]

彼女の感動は視覚だけに関わっているわけではなく、全身が影響を受けていることも明らかである。流れる涙は、五感すべてが動員される共感覚を織りなす感情の複合体を意味しているのである。[37]

ハイジは自分自身まだ子どもで、大人になるところは描かれていないが、大人ぐらい経験を積んでいる。ハイジがアルムの山に帰るシーンの涙は――S嬢の場合と同様――五感が総動員されていることを意味している。視覚

（自然の「すばらしい景色」）、聴覚（「モミの木のざわめき」）、触覚（再会の場面でハイジはおじいさんに抱きつく（Ⅰ：262））、味覚（「こんなにおいしいミルクは、世界でここだけよ」（Ⅰ：265））などなど。めくるめく感覚の体験がハイジの中に宗教的な衝動を呼び起こし、ハイジはごく自然に祈りはじめる。シュピーリの作品では、感覚刺激による感情の高ぶりが神と崇高なものにまつわる感情の神聖化に結びつくのだ。

その一方で、ハイジの救済は一人の人間の手で、しかも科学に携わる人間の手でもたらされたことも忘れてはならない。フランクフルトのクラッセン医師だ。一刻の猶予もならない事態の深刻さを見抜いたお医者さまがいなければ、ハイジは生きのびられなかったかもしれない。ここで思い出そう。シュピーリの故郷ヒルツェルでは、（外科医・精神科医の父に代表される）医学と（敬虔主義的な宗教詩人の母に代表される）宗教の驚くべき共生関係が現出していたのだった。

「お日さまの歌」

ハイジが自然の懐に帰ったあとも、フランクフルトで授かった教えは効力を失わない。文明も悪い面ばかりではないのだ。シュピーリ作品において読み書きが宗教に密接に結びついているのは、偶然ではない。字の読み方を習ったハイジは、この能力を、讃美歌の載っている本を読み聞かせてほしいと願っていたペーターのおばあさんのために使うことにする。讃美歌といえば、シュピーリの母メタ・ホイサーの作品が出てくるのかと期待してしまうところだが、ここで実際に出てくるのは、また別の詩人の作である。ただし、精神には共通するものがある。ドイツで最も有名な讃美歌作者、詩人パウル・ゲルハルト（一六〇七―一六七六）の一六六六年の作品だ。

黄金色の太陽は
よろこびに満ちて
かがやきながら
この地に
恵み深い光をもたらす。

今わたしは、うなだれていた体を
大きくのばし
力づよく、はれやかに
空をあおいでいる。

わたしの目は
すばらしい
神のみわざを見つめる。
そのみ力を示すために
神がなさったみわざを。

神をうやまう者は、いつかこの
うつろいやすい地を離れ、
別れを告げて、
やすらいだ気持ちで立ち去っていき、
たどりつく先を知らされる。［…］（Ⅰ：273－275）

ハイジはおばあさんのためにパウル・ゲルハルトの讃美歌を朗読する（パウル・ハイ画）
（出典） *Heidis Lehr- und Wanderjahre*, a. a. O.（59頁参照）, S. 187.

この詩のメッセージは明瞭で、小説『ハイジ』の中心的テーマを表現している。字を読むことを習ったハイジが選び出して読むのは、自然を神の偉大なわざとして讃える詩なのだ。

朗読を聞いていたおばあさんは、まるで生まれ変わったようになり、見えない目を天に向ける。もちろん、ここでシュピーリは自らの敬虔主義的な傾向、あるいは熱い宗教感情のほとばしりに身を任せており、それは今日の読者にとっては奇妙に感じられる、と言うこともできるかもしれない。小さな子ども向けに書き直されたバージョンの『ハイジ』では、この長い詩は——しかもハイジは、おばあさんのリクエストに応じて詩の一部を繰り返す——削除されていることが多い。子どもの読者にとっては退屈だという理由だと思われる。作者シュピーリにとっては、この措置は大いに不満だろう。彼女にとっては、キリスト教の信仰を教える、というのも自分の作品の不可欠な要素だったからだ。

放蕩息子の帰還

この本が終わりに近づくにつれ、宗教的な要素はどんどん強まっていく。アルムおんじとハイジのあいだには、ほとんど神学論争と言っていいような会話が交わされる。神を疑う老人に対し、ハイジは自分自身の経験とクララのおばあさまの教えにもとづき、神さまはいつも正しいことをなさるし、願いを聞き届ける適切なタイミングを見はからってくださっていて、どんな人間のことも忘れないと主張する。自分の立場を分かりやすく説明するために、ハイジは「放蕩息子のたとえ話」(『ルカによる福音書』第一五章、第一一節以下)をおじいさんに読み聞かせる(ハイジが読む聖書物語の本には、牛や羊のいる牧場の絵がイラストとして付されており、牧歌文学の雰囲気が作り出されている)。要するに、放蕩で財産を使い果たし、スイスから外国へ出奔し、帰国してからはアルムの山に籠城して他人を遠ざけているおじいさんは「放蕩息子」だ、ということが言われているのだろうか?

小説の最初の方でも一度やったように、おじいさんは屋根裏部屋へ上り、子どもの寝顔を見つめる。ハイジはお祈りのために手を組んだまま、ぐっすり眠っている。ここからの場面は、ほとんど神秘的な空気が漂い、強い印象を残す。アルムおんじが、この神に背を向けた人間嫌いの頑固な老人が、突然神に向けて語りだし、先ほど聞いた「放蕩息子」の物語中の言葉をそのまま繰り返すのだ。「父さん、わたしは神さまに背きました。[11] 父さんにも。息子失格です！」（Ⅰ：285）。そして老人は涙を流す。

物語はそこから急展開で大団円を迎える。次の日――日曜日――の朝、おじいさんはハイジに教会に行こうと誘う。デルフリの人々は目を疑う。おじいさんは教会から牧師館に回り、そして和解のときが訪れる。しかもおじいさんは、冬場は山を下りて谷間で暮らし、ハイジを学校に通わせると宣言する。村人たちが詰めかけ、アルムおんじを歓迎する。そんなに悪い人じゃなかったんだよ、と口々にみなが言う。おじいさんは顔を輝かせ、生まれ変わったようになり、善人になろうと誓う。迷える仔羊が群に戻ったのだ。

＊

まるでディズニー映画のようなハッピーエンド。唐突すぎるとか、都合よすぎるとか、面白みがないとか思う人はいるだろう。もちろん、感動したと言う人もいるだろう。だが本当に大切なのは、この物語が（昔も今も）子どもの心を動かすかどうか、という点だ。

本の最後は、クララがアルムの山に来るという予告で締めくくられる。ハイジがいなくなってしまってから、フランクフルトでクララはとても退屈していたのだった。便りを受け取って、ハイジは大喜びする。同時に、読者の期待も否応なく高まる。この小説には続きがあるんじゃないか……。

ハイジは初登場時から整理整頓が好きで，脱いだ服は必ずきちんとたたむ
（出典）　*Heidi*, op. cit.（53頁参照），p. 11.

第三章　ハイジふたたび

——第二部『ハイジは習ったことを役立てる』——

Encore Heidi

1　衛生と教育学

『ハイジ』第一部の空前のヒットを受けて、ほどなく第二部が出版された。先に述べたように、第一部末尾のクララの訪問予告は読者の期待を高めたし、シュピーリは第一部の執筆中にすでに続きを書くことを考えていたのかもしれない。

第二部のフランス語訳のタイトル『ハイジふたたび』は、あまり適切ではない。まるで二番煎《せん》じのようではないか。シュピーリが書いたハイジの物語は、周知のように、この第二部で打ち止めとなった。ところが、動き出したハイジ神話には歯止めがかからず、とくにフランス語圏では他人の手で勝手に続編が次々と書かれた――大人になったハイジ、母親になったハイジ、孫ができたハイジ、旅に出たハイジなどなど。フランス語の『ハイジ』続編の作者の代表格シャルル・トリッテンについては、のちほど詳しく扱う。トリッテンはまた、シュピーリの『ハイジ』二部作を新たにフランス語に訳する際、タイトルを加工して新しい印象を作り出した。第一部を『ハイジ――アルプスの少女の不思議な物語』、第二部を『ハイジは成長する――アルプスの少女の不思議な物語の続編』と銘打ったのだ。さらに、トリッテン訳の『ハイジ』には茶色いおさげ髪のハイジのイラストが添えられた。後世の映画やコマーシャルでは、やがて金髪のおさげのハイジが描かれるようになる――これについても、のちほど詳しく扱う（本書の第四章）。

トリッテン訳の第一部と第二部のタイトルは、とにかくアルプスの少女のお話だという点をアピールしているわけだが、それに対してシュピーリの原題は、これでもかというほど教育的意図を前面に押し出している。第一部は

『ハイジの修業時代と遍歴時代』、第二部は『ハイジは習ったことを役立てる』。今日の読者には、少々うんざりするようなネーミングだと思われるかもしれない。ともあれ第一部のタイトルは、ゲーテの『ヴィルヘルム・マイスターの修業時代』と『ヴィルヘルム・マイスターの遍歴時代』、つまりドイツ古典主義の偉大な教養小説を意識している。

*

第二部の冒頭で、読者はまた再びフランクフルトへと連れ戻される。まず語られるのは、ゼーゼマン氏の友人クラッセン医師の気の毒な境遇だ。彼は妻を亡くし（またしても母親不在のモチーフ）、一人娘とずっと二人暮らしをしてきたのだが、その娘にも先立たれてしまう。この医師が、アルムの山に悪い知らせを届けにくる。読者もがっかりするような知らせだ。クララの病状はとても悪いので、転地は一切許可できない。つまりクララは山に来ない――その代わり、クラッセン医師本人が大量のお土産とメッセージをことづかってアルムの山にやってくる。

親切なお医者さまが来てくれたので、ハイジは大喜びする。ただし、羽目は外しすぎないように気をつけている。「着替える時間もおしいのですが、着替えはしっかりしなくてはなりません。いつも身ぎれいにしていなくてはいけないと、今はわかっています」（Ⅱ：21）[38]。――スイス人が潔癖症で、「いつも身ぎれいにしていなくては」と思いがちなのは、もしかしたらハイジのおかげなのだろうか？

衛生的なスイス

一九世紀の後半、バクテリアと細菌の働きについてのパスツールの発見以降、衛生学の理論が広まっていき、スイスのみならず工業化の進む国々の大半で、公衆衛生と住民の健康の促進が当時の政府当局の重要かつ緊急の課題となった。この流れは、やがて都市計画や居住区の再開発に大きな影響を与えるようになる。多くの都市で、たとえばオスマン男爵（一八〇九―一八九一）によるパリ再開発事業に見られるように、労働者街――ゾラの小説で克明に描き出されているような地区――の大々的な取り壊しが実行された。不健康かつ不衛生と見なされたからだ。その代わりに、風通しのいい大通りや街路が姿を現した。ジュネーヴでも、ジェイムズ・ファジー（一七九四―一八七八）によって市壁が撤去され、開放的な街並みが築かれた。

スイスが衛生学の世界チャンピオンみたいになったのには、アルプスの地理学的条件と、温泉をめぐる健康ツアーの存在が大きい。とりわけスイスのホテル産業は、アルプスの山のきれいな空気という健康的なイメージのおかげで発達したので、きわめて厳格な衛生管理ルールの貫徹を求めたのだった。この当時、完璧な主婦になるためのハンドブックのたぐい――おそらく一番有名なのは一八八一年の『家庭の幸福』――が大量に出版されていたが、そういう本のページを開いてみれば、わが家を徹底的に清掃するための厳密なタイムスケジュールだとか、強迫観念としか思えないような衛生管理の方法論の記述があふれている。

スイス西部の「覚醒運動」（スイスのドイツ語圏の敬虔主義に相当）の指導者たちが宣伝した模範的な主婦の理想像は、この清潔さの理想像によく合致していた。『家庭の幸福』は、「石鹸《せっけん》を惜しんではなりません。箒《ほうき》、ハタキ、雑巾をけっして手放してはなりません」と説く。[39] この整理整頓と清潔さのバイブルには、「清潔さは健康の守り神で、おしとやかさの砦で、あらゆる美の源です」とも書かれている。[40] 衛生管理が要求する領域には、道徳も含まれていた。家の中が清潔であるのと同じくらい、心もきれいでなければならない、というわけだ。

ドイツの偉大な神秘主義者ヤーコプ・ベーメ（一五七五―一六二四）は、神に見守られつつ「神の掟《おきて》のもとに部屋を掃き清める女中は、輝かしい行為をなしたのである」と述べている。同じ発想がシュピーリの作品にも見られる。そこでは神が、箒や雑巾にじかに結びつけられるのだ。たとえば短編『おばあさんの教え』（一八八六）には、こんな文句がある。「私が部屋を掃き清めようとするとき箒を使うように、神さまがその人をお使いになったのだよ。神さまはそうやって、私たちの心をきれいにして、整理整頓してくださる」(71)。あるいは短編『大岩』(一八八六)では、日曜日に仕事をしていた女性をおばあさんが教え諭《さと》し、安息日にきれいな晴着《はれぎ》を身に着けることの大切さを説く。「日曜の朝に清潔なエプロンを巻いたら、おのずとこう思うものなのだよ。私は今、内側も外側も同じくらいぴかぴかに磨かれているかしら? とね」(160)。

ただしスイスでは、健康ツアーが盛んになる以前に、いわゆる「山の発明」——つまりアルプスの山々の美の発見——にともない、外国からの旅行者が増加していた。かつて不安をもたらす危険な場所としか見られていなかった山は、一八世紀、チューリヒのヨハン・ヤーコプ・ショイヒツァー(一六七二—一七三三)やベルンのゴットリープ・ジークムント・グルーナー(一七一七—一七七八)といった自然科学者たちによって研究対象とされた。その後、ルソーやロマン主義者たちの影響で、山は魅力的な場所に変わり、やがて崇高さを具現化したものと見なされるようになった。

一八世紀以降、スイスの風景に対する外国人(とくにイギリス人)の熱狂は高まる一方だった。旅行者たちは、アルブレヒト・フォン・ハラー、ルソー、バイロン卿、ゲーテ、オラス=ベネディクト・ド・ソシュール、ウジェーヌ・ランベール、ラスキンなど多くの作家たちの文章を読み、スイス熱に火をつけられたのだった(ターナーの絵画や、当時流通していた大量の銅版画の影響力のことも忘れてはならない)。スイス観光の波は、やがて温泉ブームが到来すると、前代未聞のレベルに達した。温泉の宣伝キャンペーンは一八八〇年ごろ、つまり『ハイジ』が出版されたころ、最盛期を迎えていた。

観光客たちはスイスの風景の美しさが目あてだったが、健康にいいことがしたい、というのもスイス旅行の主要な動機だった。スイスの温泉を訪れた有名人を数え上げればきりがないが、文学者を三人だけ挙げるなら、スティーヴンソン、ニーチェ、ヴィクトル・ユゴーあたりだろうか。山の上のホテルに泊まって温泉で湯治をするのはお金がかかるので、金持ちにだけ許される贅沢《ぜいたく》だったが、アルプスの山の空気を吸うだけでも奇跡のような医学的効果があるとされていた。ドイツ人医師のヨハン・ゴットフリート・エーベル（一七六四―一八三〇）は、旅行ガイドにこう書いている。「きれいな山の空気を吸うことが、栄養学的に薬効があると推奨されることが奇妙に少ないのが、私はかねがね不思議でならなかった。多くの疾患に対して、とくに医師がこれまで内服薬の投与によって成果を上げられずにいた神経症に対して、山の空気はきわめて有効である」(41)。

高山のきれいな空気と並んで、ノコギリソウやゲンチアナやマイスターヴルツ[12]など、アルプスに自生する薬草の効用にも注目が集まった。あと、動物性の薬品もよりどりみどりだ。リューマチに効くマーモット油（今でも売っている）、癲癇《てんかん》に効くヒゲワシの内臓《はらわた》、胆石《たんせき》に効く熊《くま》の胆《い》、万病に効くアイベックスの角と骨髄《こつずい》（そういえば、アイベックスの角エキスの吸入薬が二〇一〇年に発売され、「アルプス・バイアグラ」として密かなブームを呼んだりもした！）。ヤギ乳の乳清に牛糞を混ぜたものが肺結核の予防に用いられることもあった。水晶やアンモナイトの化石や岩塩などから採れる鉱物系の薬剤もリストに加えたうえで眺めれば、この世のどんな薬局よりもアルプス旅行の方が健康にいいと納得せざるをえない！

ルソーは書簡体小説『新エロイーズ』（一七六二）で、山に行くのは体にいいという考えを、これ以上ないほど明確に表現している。

> ここでわたしは周囲の空気の清澄さの中にわたしの気分の変化と、あんなに長いこと失っていたこの内心の平和の恢復との真の原因をはっきり見てとったのです。実際、空気が清く至純な高山の上では呼吸が一そう楽に、肉体が一そう軽く、心が一そう晴朗に感じられるということは、皆が皆そういう印象に注目するわけではない

にしましても、あらゆる人々の感ずる普遍的な印象で、そこでは快楽の熱度は低まり、情熱は一そう穏和になります。そこでの瞑想《めいそう》はわたしたちの眼を驚かせる対象に比例した何かわからぬ偉大で崇高な性格を、少しもどぎついところ官能的なところのない何かわからぬ静な悦楽をおびるのです。人間のいる所から上の方へのぼってゆくとき卑しい地上的な感情はすべてそこに棄ててゆくように思われ、清浄界に近づくにつれて魂は清浄界の変質することのない純粋さを持つある物に染まるように思われます。そこにいると人は重厚ではありますが憂鬱ではなく、平静ではありますが無感動ではなく、存在することと思考することだけで満足するのです。烈しすぎる欲望はすべて鈍り、欲望を苦痛たらしめるあの鋭い尖鋒《ほこさき》を失い、心の底に軽い甘美な感動しかとどめなくなり、このようにして幸福な風土はよそならば人間を苦しめる情熱を人間の幸福に役立つようにさせるのです。いかなる烈しい心の動揺も、いかなる気鬱症もこういう所に永くおれば続き得ないのではあるまいかと思われますが、健康によく、効き目のある山の空気に浴することが医学上、道徳上の偉大な薬とされていないとは驚くべきことです。(42)

ハイジのもたらす癒し

山に戻ってきたハイジは、同時代に一世を風靡《ふうび》した主婦向けのハンドブックに書いてあることを丸ごと全部暗記して実践しているかのように見える。

今は毎朝、はりきってベッドをきちんとととのえて、しわひとつなくなるまでのばします。次に小屋を走りまわり、いすをもとの場所にもどし、あちこちに置きっぱなしになっているものを戸棚にしまいます。それからふきんを取ると、いすによじのぼり、時間をかけてテーブルがぴかぴかになるまでふくのでした。(Ⅱ：26)

掃除にいそしむハイジ（ルドルフ・ミュンガー画）

（出典） *Heidi*, a. a. O.（88 頁参照）, S. 216.

これを見たおじいさんは、スイス人ならそれぐらいできて当然だと思ったりはせず、フランクフルトでの修行の成果だと思う。しかし、ハイジが極端にきれい好きなのは、彼女がひっきりなしに自然に目を奪われ、自然とのふれあいへの飽くなき欲求を抱いていることと矛盾するのではないだろうか。

アルムの山に到着したクラッセン医師を、ハイジは喜び半分、失望半分で出迎える。お医者さまは一人で来たのだった。クララは病気の具合が悪く、旅に出られなかった——早くとも来年の春まではアルプス旅行は無理だという。ともあれ、山の空気がまた奇跡を起こす。悲しみに打ちひしがれた医師は、みるみるうちに元気になるのだ。日の光に照らされた峰を眺め、スライスした干し肉を何枚か食べると、それだけでもう若返ったような気分になる！

ハイジは完璧な山岳ガイドの役割を果たすだけでなく、アルプスの山まで「かなしい気持ちを抱えてきた」（Ⅱ：42）と自称するクラッセン医師に対して、宗教的なカウンセリングを施す。もはやキリスト教

ハイジはお医者さまに救いをもたらす

（出典） Ebd., S. 230.

の神髄を熟知しているかのようなハイジの弁舌は、いわば「アメリカ的」なポジティブ思考にも接近している（『ハイジ』がアメリカ合衆国で人気なのは、おそらく偶然ではない）。神さまはいつも、私たちのために何か「すばらしいこと」（Ⅱ：43）をとっておいてくださる、というのだ。

クラッセン医師は感動するが、今度は、目の前に悲しみの影がかかり、「その影のせいで、まわりに広がるうつくしいものがまったく見えない」（Ⅱ：44）人はどうすればいいのかと尋ねる。ハイジはすぐ、目が見えないペーターのおばあさんのことを思い出し、そこから正しい処方箋を導き出す。一つの讃美歌（今度もまたパウル・ゲルハルトの詩）だ。神の恩寵は、人間には理解できないものの適切なタイミングで、しかも無償の贈り物として差し出されるという、いかにもプロテスタント的な内容の詩である。

詩のもたらす効果は今回もあらたかで、心を打たれたクラッセン医師は幼い子どものころの一場

面を思い出す。医師は身じろぎもせず

昔の思い出にひたっていたのです。小さな男の子にもどって、大好きなお母さんのいすのそばに立っています。お母さんは先生の肩に手をまわして、詩をとなえています。たった今、ハイジが暗唱してくれたこの詩は、長いことわすれていたものでした。今、お母さんの声がふたたびきこえます。やさしい眼差しが自分にそそがれ、詩の言葉がひびいてくると、そのやさしい声がほかのことも語ってくれるのがきこえるのでした。(Ⅱ：48)

ハイジ以外に、アルムおんじもクラッセン医師のガイド役を務め、自然の神秘に分け入るための導きの糸となる(Ⅱ：52)。ここでのメッセージは明らかだ。おじいさんは、科学の人であるお医者さまを導く「高貴な野蛮人」――別の言い方をすれば、ロビンソンに生き方を教えるフライデーなのだ。

けれども、いいことには必ず終わりが来る。クラッセン医師がフランクフルトに帰らなければならない日が訪れるが、その前に、医師がハイジを引き取って養女にする可能性に言及する、感動的な別れのシーンがある。この章の締めくくりとしてクラッセン医師が口にするのは、この本全体のメッセージを短く要約したような言葉だ。「あの山は、いいことばかりだ。あそこなら、体も心もすこやかになる。そして生きることをまたよろこべるようになるのだ」(Ⅱ：56)。

学校と教育

そして冬が来る。厳しさをます山の暮らしを、シュピーリの筆はリアルに描き出す。アルムおんじは約束どおりハイジを連れてデルフリに移り、「りっぱなお屋敷」の廃墟――自家用の礼拝堂や絵を描いたタイル張りの暖炉があるみごとな建物だが、あちこち崩れてしまっている――を修繕して、入居する。この家はかつて、傭兵としてスペインで軍務に就いていた男のものだった。スイス人傭兵のモチーフがまた出てきたので、読者はここで、アルムおんじも（第一部の冒頭近くで言われていたように）自ら傭兵としてナポリで軍隊に入っていたということを思い出す。

冬が来たということは、子どもたちが学校に通う時期ということだ。これは歴史的現実に即している。当時の山の子どもたちは、夏場は農作業の手伝いや家畜の番の仕事があるので、冬場しか学校に通えなかったのだ。第二部の第五章は全体がすっかり学校と教育というテーマにあてられているが、このテーマは作者シュピーリの中心的な関心事であり、『ハイジ』という小説の三本柱のうちの一つだ（あとの二つは宗教と自然礼賛）。この三つが合流して、単一のカテゴリーを形成する。教育学である。『ハイジの遍歴時代と修行時代』と『ハイジは習ったことを役立てる』――結局すべてが修行と学習に関係あり、そこには（シュピーリ作品の常として）キリスト教信仰をいかに教えるかというテーマも含まれる。

特徴的なことに、ハイジが学校で何をしたかにはシュピーリはほとんど立ち入らない。ただ、「ハイジは毎朝村の学校に通って、一度家に帰ってお昼ごはんを食べてからまた学校に行き、熱心に勉強をしていました」（Ⅱ：64-65）と書かれているだけだ。ハイジが何を、どんな教育法で学んだかは、読者には分からない。もしかしたらハイジの教育は、すでに完成していたのではないか――最初にまずアルムおんじの自然の学校で習い、次にフランクフルトでクララの家庭教師に少しだけ習い、最後にクララのおばあさまに徹底的に仕込まれたから。第二部でスポットがあたるのは、ハイジとは別の人物だ。今日ならば行動障害と見なされるであろう、学校をサボりがちなタイプの人物。つまりペーターである。やや驚くべきことに、ハイジは学校の先生のようにふるまい、自分がもう大人であること、自分が習ったことを他の人に伝えられるくらい知識が定着していることを示す。先ほどハイジは「牧師見習い」のような言動をしていたが、今度は「教員見習い」として村の代用教員を務めることになる。

ハイジは忍耐強く知恵の回る教育者で、教育手段として脅しを用いるのも厭《いと》わない。ハイジは、フランクフルト

ハイジはペーターを教育する

（出典） Ebd., S. 253.

で陰鬱な監獄みたいな学校を目にしたと語る。一度入ったら出てこれなさそうで、恐い先生がいっぱいで、黒い服を着せられ、頭には変な帽子をかぶせられるのだと。ぶるぶる震えながら、ヤギ飼いの少年はハイジの授業を受けることを承諾する。そこでハイジがペーターにABCを教えるために採用する教育法は、まさに天才的だ。アルファベットの一文字ごとに、その文字を覚えられなかったら恐ろしい災いが降りかかると脅す内容の格言がついてくるのだ。勉強をサボったら泣かされる、笑われる、罰金を払わされる、殴られる、学級裁判にかけられる、食事を抜かれる、野蛮人の国に送られる。しまいには地獄に落とされる——これぞ脅迫学習法である。

ペーターが勉強するようになったのは脅しの効果だと、作中にはっきり書かれている。「ペーターはおどかされてぼうっとしていたので、かならずそうすると約束しました」（Ⅱ：85）。そして、この教育法は成功を収める。ペーターは、ときどき単語を読み飛ばしてしまう——だって数が多すぎるから！——とはいえ、ついに字が読めるようになり、（とっくに匙《さじ》を投げていた）学校教師や家族をびっくりさせる。ペーターは、こうして——所期の目的どおり——おばあさんに讃美歌を読み聞かせることもできるようになる。ただし、単語を読み飛ばす癖のせいで、ハイジが読む場合とは別物のように聞こえるのだが……。

一九世紀の教育事情

ここで、たとえばチャールズ・ディケンズの作品や、一九世紀には生徒への体罰が普通のことだったという事実のことを考えてみよう。教育観という点で、ヨハンナ・シュピーリはやはり時代の制約を受けていた。ただ、シュピーリの他の長編や短編を見てみれば、どんなに反抗的な生徒に対しても穏やかに耳を傾けるような教育法が描かれることが多い。

『ハイジ』は、いわば一九世紀の教育制度で提供されていた教育のタイプを一覧表にしたカタログのように読める。家庭教育、村の学校、都会の学校、「自然の学校」——ゆるい教育法から厳格な教育法、現実の学校から夢の学校まで、ここには一通りすべてが揃っている。

当時の家庭教育は、ゼーゼマン家のように子どものために家庭教師を雇える財力のある家に限られていた。『ハイジ』作中で、家庭教師の先生は「学位取得候補生」と呼ばれている。つまり、学位は取得していないが一応は大学を出ているということだ。この先生は話がくどくて退屈な人物だが、けっして横暴な教師ではない。「先生は、とてもいい人よ。ぜったいに怒らないし、なんでも教えてくれるの。だけど、説明してくれても、なんにもわからないの」（I：124）とクララが事前にハイジに説明していたとおりの人だと言える。ほどなく、この先生の授業は山育ちのハイジには全然合わないし、そもそも教育法がやや時代遅れだということが判明する。クララのおばあさんが登場してはじめて、子どもに向き合い、子どものニーズに合った教育ができる教育者の姿が描かれる。

貧しい家庭の子どもにも家庭教育を、というのがペスタロッツィの信念であり、願いであった。ハイジがペーターの先生役を引き受けるとき、その願いが実現されているのだとも言える。ただ、ハイジはその際、脅しを教育手段として用いることを辞さないのだ。

デルフリの学校はとても簡素なようだが、生徒たちに温かく居心地のいい場を提供している。教室は勉強だけの場所ではなく、家が遠くて昼に帰宅できない子どもたちは、ここで弁当を食べる。村の学校教師は、理解のある「やさしい男の人」（Ⅱ：65）として描かれている。ハイジの助けでペーターが字を読めるようになったとき、先生はこれを「奇跡」（Ⅱ：92）と呼ぶ。

一九世紀のヨーロッパの国々で、公立学校または官立学校がどのように営まれていたかの一端をかいま見るには、先に引用した、ハイジがペーターに語るフランクフルトの学校の不吉なありさまを参照するとよい。当時の学校教育施設は、フランスの例を調べたマリナ・ベトレンファルヴァイの言葉を借りると、文字どおり「監獄の地下牢」のような恐ろしい場所だった。

> 当時の公立学校の授業は、ルソーが提唱した新しい原則をまだかけらも反映しておらず、子どもの抱えるニーズにも、子どもの知性の自然な発達にも注意を払わないまま、現実の生活には関わりのない無意味な修辞学や死んだ書物の知識を生徒たちの頭に詰め込んでいた。
> 教員たちの杓子《しゃくし》定規《じょうぎ》な考え方や、何百年も前から続く古色蒼然たる因習と伝統に囚われた態度や、子どもに対する完全な無理解などに、生徒たちを支配して抑え込みたいという強迫的な欲求がしばしば加わった。その欲求は、ときに気難しい厳格さという形をとり、恣意的な暴力や虐待の形をとることはさらに多かった。[43]

この描写は疑いもなく、当時のヨーロッパの（あるいはロシアやアメリカの）多くの学校の教育方式にあてはまる。子どもに対する暴力を禁じる法律がいくつか施行されたとはいえ、悪しき習慣はその後も長く残り、その証拠が数多く書き残されている。[44] そういえばハイジは、フランクフルトの学校の先生はデルフリの学校の先生ほど「やさしい」わけではないと言っていた（Ⅱ：80）。意味深長な発言である。

以上、この小説の学校モチーフを一通り見てきた。残るは「自然の学校」だけだ。ロマン主義時代の多くの哲学者たち、そしてペスタロッツィをはじめ教育学者たちが夢みたもの。ハイジはそこで学ぶことができる幸せな生徒であって、アルムおんじが先生を務めることになる。

2　都会人が山に出会う

春が来ると、大変な知らせが舞い込む。章のタイトルどおり、「遠くからともだちがやってくる」（Ⅱ：95）。クララたちがフランクフルトからアルムの山にやって来るのだ。ひとたび山に来れば「どんな人もたちまち元気になる」（Ⅱ：101）と確信した親切なクラッセン医師の尽力のおかげだった。ちなみにロッテンマイヤーさんがついて来ようとすると困るので、何とかして同行を思い止まらせようと、アルプスは「恐ろしい岩山」や危険な「割れ目や断崖だらけ」（Ⅱ：102）だとみんなで散々脅かした結果、ロッテンマイヤーさんはひどく山を怖がるようになる。ちなみにロマン主義者たちは、この背筋がぞっとする感じが大好きだったのだが、ロッテンマイヤーさんはそうでもなかったようだ。

ハイジは有頂天になるが、自分の地位が脅かされるのではないかと感じたペーターは怒り心頭に発する。やがてフランクフルトから一行が到着するが、その様子はまさに一大イベントだ。数えきれないほどの荷物、大量の毛布、大勢の召使いたち。クララは籠に乗り、クララのおばあさまは馬にまたがって颯爽《さっそう》と山を登ってくる。

都市と田園

第一部では、アルプスの少女がフランクフルトに島流しになったわけだが、今度は都会人たちがアルム山に流れ着いたところをシュピーリは描く。第一部の大きな魅力だった点が、第二部でもやはり効果を発揮している。二つのまったく異なる世界、二種類のまったく異なる人々が出会う、という図式だ。これは文学や映画で、読者・視聴者を強く惹きつける要素となる。この図式は古いものだが、今も昔も有効かつアクチュアルでありつづけている。モンテスキューの書簡体小説『ペルシア人の手紙』（一七二一）から、最近のコメディ映画（『シュティの国へようこそ』（二〇〇八）[13]まで。清らかなものと想像された自然を、堕落腐敗した都市や宮廷と対置した近世の牧歌文学から、古代の詩人たちが歌った「心地よい場所《ロクス・アモエヌス》」――アルカディア的な楽園めいた土地――まで。都会と田舎、異なる民族、異なる文化や風習の出会いから生じる「カルチャーショック」ほどに、自己と他者の差異を際立たせ、ひいては他者を理解したり受け容れたりする態度を育むのに役立つものは他にない。

クララの車いす

クララは風景の美しさに感動する。アルムおんじは、どんな看護師よりも手際よくクララを介護し、籠から車いすに少女を移す。そして自分が軍隊にいたころを思い出す（またしても過去のフラッシュバック！）。戦闘で重傷を負った上官を介護して看取ったときのことだ。クララはもともと、またすぐにラガーツ温泉まで下り、そこで四週間の湯治を行う予定だったのだが、アルムの山に来て大喜びしているし、ハイジとおじいさんもぜひにと言うので、クララのおばあさまは当初の計画を変更し、クララをそのまま山に滞在させ、ハイジとおじいさんの介護を受けさせることに決める。クララの体調が回復し、食欲が戻ってきた兆しが認められたからでもある――山の上でみんなで食事したとき、火であぶったチーズをおかわりまでしたのだ（II：117）。

ペーターはクララの車いすを壊す

（出典） Ebd., S. 295.

クララはハイジといっしょに干し草のベッドで寝て、丸窓から夜空に輝く星々を眺め、すばらしい時間を過ごす。まるで時間が止まったかのようで、自然はみごとなパノラマを繰り広げ、五感に働きかける。シュピーリの筆は、アルプスの山の美しさと清らかさを飽きもせず描き出す。そよ風がモミの木の梢《こずえ》を揺らし、小鳥たちが歌を歌い、ヤギたちが跳ね回り、谷間は静かで、太陽は明るく照りつけるが暑くはない。滋養豊富なヤギの乳は子どもたちにとって神々の飲み物にも等しい。

クララはとても幸せそうで元気そうなので、歩けないとは思えないほどだ。おじいさんも同じことを感じたらしく、驚きの提案をする。一度自分で立って歩く練習をしてみてはどうか、というのだ！　老人の提案は当初、不可能なものに思われる。だって、こんなに足が痛いから……。おじいさんはクララに毎日少しずつ歩く練習をさせるが、少女はおじいさんにしがみついてしまう。

ところで、クララがアルムの山に滞在することになってみんなが喜んでいるなかで、一人だけそうではない人物がいる。ヤギ飼いペーターだ。みんながクララに構ってばかりいるので、置いてけぼりにされた気がするのだ。ハイジはクララにつきっきりで、ペーターと牧場に行く暇などはなくなった。ペーターは、ハイジが山に来てくれて妹ができたように感じていた――傍目には、どちらかというとハイジが姉のように見える――のだが、いきなり天涯孤独になった格好だ。しかめっ面をしたり、拳《こぶし》を握ったり、鞭を振り回したりする以外にやることはない。そこで、ペーターの心に「ふつふつわいていた怒りが頂点に達していた」（Ⅱ：143）。そんな感情を抑えきれず、ペーターは自分の感情のはけ口として八つあたりする対象を求めてしまう。

ふと車いすを見ると、いばってどっしり立っているかのようです。ペーターは、まるで敵のようにいすをにらみつけました。車いすのせいで、なにもかもひどいことになり、今日はさらにいやな目にあうのです。あたりを見まわしましたが、しんと静まりかえっています。人影はありません。ペーターは急にあらあらしく車いすに向かっていくと、ぐいとつかんで、山の斜面から思いきり突きおとしました。車いすは文字どおり空をとび、またたく間に見えなくなりました。［…］はるか下のほうを、敵はころがりおちていて、どんどんいきおいがついていきます。あちこちぶつかって、大きくはねると、地面にたたきつけられて、ばらばらになっていきました。

これを見ていたペーターは、有頂天になって、ぴょんぴょんとびあがってよろこびました。大声でわらい、足を踏みならし、くるくるはねまわります。そしてもとの場所にもどると、山を見おろしました。おなかを抱えてわらいだし、またとびはねます。敵がほろんだので、我をわすれるほどうれしかったのです。（Ⅱ：143－144）

任務完了。これでもう敵は無力化された……。ハイジとの蜜月状態によそから割り込んできた「邪魔者」は、もう旅立つしかない。ハイジはまた友だちに戻ってくれるはずだ！

この場面は第二部のクライマックスだが、第一部のハイジの夢遊病のエピソードにちょうど対応している。心の中の苦しみが頂点に達したとき、はけ口を求めて何かが起こるのだ。ハイジは、生ぬるい檻《おり》のような場所を逃れてアルムの山へ帰ろうとして、眠ったまま幽霊のように歩きだす。これが、拒絶反応を示すためのハイジなりのやり方だった。これに対してペーターは、溜め込んだ怒りと欲求不満を表現するために、暴力行為に訴えたのだった。

暴力のありか

あまり派手な展開を好まないシュピーリは、ここでヤギ飼いの少年が攻撃を向ける対象として、人間ではなく物を選んだ。この采配はみごとと言うしかない。「あらあらしく」[14]車いすに襲いかかるペーターの行動は、いわゆる未開人のあいだで広く見られる類感呪術や感染呪術のことを連想させる。つまり、類似や接触が対象に影響を及ぼしうるという思考にもとづき、敵の持ち物や敵に似たものを傷つけたり破壊したりすることで相手にダメージを与えようとする儀式のことを。車いすを壊すペーターの行為には、類感呪術と感染呪術の両方の側面がある。車いすはクララそのものの象徴であると同時に、クララの乗り物でもあるからだ。

暴力、残虐性、サディズム――ペーターはいったいどうしてしまったのか！　もちろん、子どもが友だちや動物に残酷かつサディスティックにふるまうことがあるのは有名だ。この事実は、数多くのメルヘンや児童小説で取り上げられている。たとえばセギュール伯爵夫人の『ソフィーのいたずら』（一八五八）では、少女ソフィーが母親の観賞魚を生きたまま解剖したり、ミツバチをバラバラにしたりする。ゴットフリート・ケラーの『村のロミオとジュリエット』（一八五六）で人形がたどる運命も一見の価値がある。主人公の少年少女は人形の手足をもぎ、胴体をめった刺しにし、頭をちぎり、その中に生きたハエを詰め込んでから土に埋め、歌いながら去っていくのだ。残酷描写といえば、『グリム童話』を真っ先に挙げるべきだったかもしれない。この童話集には、子どもを怖がらせて警告を与えるための教訓物語が数多く含まれており、グリム兄弟はそこに教育的価値を見出していた。ベッテルハイムが言うように、メルヘンには子どもに自らの攻撃性を受け容れさせるという役目がある。

子どもは、なにもかもめちゃくちゃにしてやりたい、だれかを殺してやりたい、などと思うことがある。ところが、そういう事実を否定したがる親は、自分の子どもがそういう考えを持たないように、守ってやらねばならないと信じる（まるで、そんなことが可能だといわんばかりに）[45]。

このような攻撃性は、精神分析が説くように、小さな子どもの心の特性なのだ。「小さな子どもの心は純真だなどという状態からほど遠く、不安や怒りや破壊的な想像に満ちている」[46]。

これでもう分かったことと思う。シュピーリは必ずしも、よく言われるような人畜無害な作家ではない。逆に、読者が油断しているところに否応なく子どもの登場人物たちの心の闇をのぞき込ませるような作家なのだ。

クララの車いすの破壊は、おそらく多くの読者の心にトラウマを刻んでいることだろう。ここで一つ、個人的な体験を語るのを許していただきたい。私の友人の一人、アメリカ人で、『ハイジ』が大好きな知識人の男性（別におかしくはない！）が言っていたのだが、彼の記憶では、ペーターが崖から突き落とした車いすには、気の毒なクララが座ったままの状態だったという。彼は記憶の中で、ペーターを悪ガキから人殺しに変えてしまっていたのだった。そこで私は、そんな展開は「子どもと、子どもが好きな人のための物語」を書いた作家の本ではありえないよと言って彼を安心させた――そこまで過激な展開を書いたら、ただのサディスト作家じゃないかと。

クララのリハビリ生活

なくなった車いすを探してみんな右往左往するが、どうしても見つからない。仕方なく、おじいさんがクララを抱きかかえてハイジといっしょに牧場に連れていく。ハイジは、山のもっと高いところにしか生えていない花々をクララに見せてあげたいと思う。そこでペーターに手伝いを頼む。ペーターは目を疑う。車いすを壊して移動手段を奪ってやったから、クララをもう始末したつもりでいたのだ。けれども——運命のいたずらか、作者のいたずらか——なぜかクララは牧場にワープしてきているではないか。ペーターは最初、手伝いを嫌がるが、「きてくれなかったら、ひどい目にあうわよ。びっくりするから」（Ⅱ：154）と脅されて、ハイジにあのことを知られてしまったと思い、しぶしぶ言うことを聞く。ハイジはクララに、「足をぐっと踏みだしてみて」「そうしたら、痛くないから」（Ⅱ：156）と言う。クララは言われたとおりにして、そして——奇跡が起こる。クララが歩いた！

　紛れもなくこの小説のクライマックスだ。やはり、きれいな山の空気が奇跡を起こしたのだろうか？　いや、ハイジが神さまにたくさんお祈りしたおかげかもしれない。おじいさんも重要な役割を果たしている。最初にクララに歩行訓練をさせたのはおじいさんだから（今日の用語で言えば、リハビリだ）。それからペーターも——意図せず——クララの自立を妨げていたものを取り除くことによって、クララが新たな一歩を踏み出すきっかけを作ったのだった。最終的にクララの背中を押したのは、「足をぐっと踏みだしてみて」というハイジの言葉だが。それにしても、その言葉を口にするハイジの姿は、ほとんどキリスト的な様相を帯びているとさえ言える。イエスが病人に「起き上がって床を担ぎ、家に帰りなさい」（『マタイによる福音書』第九章、第六節）と命じる場面を髣髴《ほうふつ》とさせるからだ。

　そうこうするうちに、粉々になった車いすを村人たちが発見する。ひそひそ噂話がささやかれ、みんな疑心暗鬼に駆られ、犯人捜しが始まっている。「フランクフルトのだんなは、どうしてこんなことが起きたか、調べさせるだろうな」（Ⅱ：164）とパン屋が言う。ペーターは一部始終を耳にする。不安に駆られた少年の心に恐ろしい大都会の影が忍び寄り、情け容赦もなく裁判にかけられて監獄にぶち込まれるのは確実だと思えてくる。どの茂みの背後にも警察の手先が潜んでいるような気がして、ペーターはその場から全速力で逃げ出し、家の中に隠れる。

一方、アルムおんじの山小屋では、今日一日のできごとにすっかりご満悦のハイジが、クララにキリスト教信仰を教える授業をする。二人の少女は神に祈りを捧げ、深い考えにもとづき最適のタイミングですばらしい奇跡を起こしてくださったことに感謝する。

今度はクララのおばあさまが驚く番だ。おばあさまは、クララが自分の足で立って歩いているのを見て、はてしなく喜ぶ。おばあさまはアルムおんじに「あなたのおかげです」と言い、おじいさんは「それから神のみ恵みの太陽の光と、山の空気のおかげ」だと答える。「それに〈白鳥〉のおいしいミルクのおかげ」だとクララが付け加える——このアルプスの山の世界では、神と人間と自然が完璧な三角形を描くのだ。

「だけど、こんなことがあるなんて。夢じゃないかしら」（II：176）とクララのおばあさまが叫ぶとき、バロック演劇の巨匠カルデロンの『人生は夢』（一六三六）の情景が開ける。クララの父親ゼーゼマン氏も、みんなを驚かせようと予告なしにアルムの山に訪れたとき、娘が立って歩いているのを見て、夢ではないかと思う。彼はさらに、早くに亡くした美しい妻の面影をクララに重ね合わせるのだった。

心に刺さった棘

車いすを壊した犯人が露見したあとで、クララのおばあさまはペーターに長々とお説教をする。悪いことをすると、「心の中にいる、とげで刺して、いやな声をだす番人」（II：191）——つまり良心の呵責——にたえず苦しめられて、どんなことをしても何の喜びも感じられなくなってしまうのだと。

罪を犯した者の心に刺さる棘《とげ》という比喩で、シュピーリは『使徒言行録』第九章その他で語られているサウロの回心の物語を指し示しているのかもしれない。サウロは、ダマスクスへの旅の途上で、天からの光に遭遇して地に倒れる。そんな彼に、「なぜ、わたしを迫害するのか。とげの付いた棒をけると、ひどい目に遭う」（『使徒言行録』第二六章、第一四節）と天から声がかかる。

同情に駆られたクララのおばあさまは、ペーターに「週に一度、十ラッペンを贈ること。ペーターの一生のあいだつづけること」（Ⅱ：194）を決める。ペーターは狂喜乱舞し、ものすごくホッとする。

大団円

最後に、アルムおんじに願いごとを言う順番が回ってくる。願うのはたった一つ、自分の死後にハイジが路頭に迷ったりすることがないように、面倒を見てやってほしい、ということだけだ。ゼーゼマン氏はそうすると約束し、それに自分以外にもハイジの保護者に名乗りをあげるはずの人がいると明かす。親切なクラッセン医師が、退職後はこの地方で暮らすことを決心したというのだ――ほら、「ハイジランド」から離れられなくなったお客さんが早速ここに一人！

お医者さまは、スペイン帰りのスイス人傭兵の立派なお屋敷を買い取って入居し、屋敷の一部をハイジとおじいさんの冬の住まいとして提供する。ほどなく、クラッセン医師がハイジを養女にするつもりだと分かる。読者は、まるでモリエールの喜劇の中に迷い込んだような気分になる。ラスト近くに都合のいい救いの《デウス・エクス・マキナ》神が登場し、すべてを解決してしまうのだから。ただし、この場合は、求婚者の素性が明らかになってみると高貴な家の出で、おかげで恋人との結婚を許してもらえる――といった話ではなく、お金持ちの外国人に養女にしてもらえる話なわけだが。こうして社会的な格差が消滅し、夢と現実が混ざり合い、アルムの山と都会が手に手を取り合う。

第二部のラストは、神を信じる心の大切さを声高に謳っている。小説を締めくくるペーターのおばあさんの言葉を見れば、その意図は一目瞭然だ。

ハイジ、讃美歌を読んでおくれ。今のわたしにできるのは、天にましますを神さまほめたたえることくらいだよ。お礼をいうことくらいしかできないよ。こうして神さまがわたしたちにくださったみ恵みにね。(Ⅱ：211)

宗教的要素

実のところ、ストーリーが進むにつれて、宗教的なものの地位はどんどん向上していく。神さまこそが一番重要なキャラクター、とまでは言わないにせよ、主要なキャラクターの一角を占めるようになるのは間違いない。神がすべてをしろしめし、ときに人間に試練を与えたうえで、最後には祝福のしるしとして数え切れないご褒美を与えてくださるのだ。

宗教的な要素は、おそらく今日の読者にとっては最も人気のない部分だろう。それはジャン＝バティスト・グルーズ(一七二五―一八〇五)の絵画[47]のように面白みがなく、わざとらしく大げさで、あまりにも教訓的すぎると思われがちだ。政教分離の原則や宗派間の対話といった観点から、そのような『ハイジ』の宗教的側面はしばしば削り落とされてきた。ペーター・シュタムによる最新の『ハイジ』絵本(二〇〇八)[48]で、宗教性が完全に排除されているのは特筆に値する。たとえば、この絵本でハイジがおばあさんに聞かせてあげるのは、アルムおんじ仕込みの「兵隊さんの歌」だ……。讃美歌を打倒せよ、と言わんばかりの措置だが、それでおばあさんが喜んだかどうかは、読者には分からない。

しかしながら、ここまで見てきた神・人間・自然の三角形から、神という頂点を抜き取ることなどできはしない。三つの頂点それぞれを突き詰めないかぎり、『ハイジ』の真価を知ることはできないはずだ。そこで次に、敬虔主義の土壌に立ち戻って詳しく見ていくことにしたい。ほかならぬヨハンナ・シュピーリの母メタ・ホイサーこそ、この宗教運動の第一人者だった。

3 敬虔主義

ルネサンスの時代、自然哲学という学問が生まれる。この新しい学問を先頭に立って牽引したのは、医師で錬金術師のパラケルススだった。パラケルススは一四九三年、シュピーリの生地ヒルツェルからさほど遠くない町アインジーデルンに生まれた。本書の第一章でも触れたように、彼は一五三五年にラガーツ温泉の上手にあるプフェファースの温泉づき医師として赴任した。自然哲学者たちは、ボードレールにはるかに先駆けて、自然と人間と神の通じ合いを思考の中心に据えた。自然と人間と神――『ハイジ』の三本柱をなすテーマと同じではないか！

自然哲学の考え方によると、自然は一冊の書物である。この本を読むことで、人間は神への道を見出すことができる。文字どおりの自然崇拝とも呼べるような思想を追求したパラケルススは、動植物の形態や色は身体器官の形態や色に通じ合っているという、「徴《しるし》」の理論を展開した（たとえば、クルミの実を割ってみると、人間の脳に似ている。だから脳の治療にはクルミがいい、といった具合に）。パラケルススはハイジと同じように孤児として育つが、やはり好奇心と知識欲の塊だった。学識を積んだあとも一向に洗練された物腰を身に着ける気配がなく、そのことを咎《とが》められると、これが自分の生まれ故郷であるドイツ語圏スイスの気風なのだと悪びれることがなかった。好きな食べ物は豪勢な料理よりもチーズやミルクや燕麦のパンだった。この知の巨人をシュピーリのアルプスの少女と比較するのは無謀かもしれない――だが、ハイジのプロフィールも似たようなものではないか？

いずれにせよ、この比較を無理に推し進めるまでもなく、自然哲学の思想には小説『ハイジ』のメッセージと共通点があることが分かる。自然と人間と神の通じ合いというテーマを解釈する鍵になるのは、どちらの場合も聖書である。

敬虔主義とは何か

一七世紀の末、ルター派の人々が各地で秘密集会を開き、アルザスの牧師フィリップ・ヤーコプ・シュペーナー（一六三五―一七〇五）の著書『ピア・デシデリア（敬虔な望み）』（一六七五）で説かれた教えを実践するようになったとき、中心に据えられたのはやはり聖書だった。これが敬虔主義の誕生の瞬間である。敬虔主義は理性を通じて神に到る道を否定する「心の宗教」であり、日々の暮らしに根ざす「生きた宗教」をめざした。重視されたのは個人の内面における回心だが、そこに到達するスピードには個人差があるとされた。そういえば『ハイジ』にも似たような状況が描かれていた。ハイジはゆっくりした歩みでキリスト教の信仰にたどり着き、おじいさんは急転直下で回心を遂げる。

敬虔主義はドイツ神秘主義（ベーメ）やフランス神秘主義（ギュイヨン夫人）にも通じるものがあるが、神へと到る道として感情を重視した。どんなにすばらしい教えを説教壇の上から説かれるよりも、個人的に祈りを捧げることの方が大切だと見なした。これまたハイジがフランクフルトで身につけた態度にほかならない。ハイジはよくお祈りをするが、教会に行くところはあまり描かれない。さらに、敬虔主義は伝道と慈善に力を注ぐが、この点も『ハイジ』の内容につながる。クララのおばあさまがハイジを教え導き、ハイジはハイジでその教えを粛々と実行に移すのだ。

敬虔主義の文学はいくつかのすばらしい作品を生んだが、感情過多のリリシズムに陥りがちでもある。ここまで『ハイジ』を読みなおしてきた過程で確認したように、シュピーリにもその傾向がなくもない。

敬虔主義と子ども

敬虔主義の信仰生活の中心には、じつは子どもの世界がある、と言ったら驚かれるだろうか。分かりやすい例として、敬虔主義の偉大な指導者の一人、ゲルハルト・テルステーゲン（一六九七－一七六九）の神学論文『子どもになること』を見てみよう。

イエスは、我々人間のために十字架にかかるべく人間になっただけではない。人間になったとき、小さな子どもにならねばならなかった。［…］イエスは人間になることで、我々が再び神と一つになるための門を開いた。同時に、我々がどうにか再び神と一つになろうと思ったら、賢《さか》しらな大人のままでいてはならず、回心して小さな子どものようにならねばならぬことが示された。のみならず、イエスの誕生と子どもらしさにおいて、あの子どもらしさが、すなわちアダムにおいて失われた汚れのなさが再び我々に贈られたのである。子どもイエスは我々にとって、完璧な汚れのなさが、純粋さが、幼さが、よるべなさが湧き出す泉である。信仰があれば、そこにたどり着けよう。我々はただひたすら、この「神＝子ども」と一つになり、この聖なる子どもの特性を我々の中に息づかせ、育《はぐく》み、いきわたらせ、この最も美しい模範に即して我々自身を教育せねばならぬ。(49)

回心して子どものようになることが、敬虔主義の掲げる信条なのだ。これに関連して、聖書にある有名な言葉がすぐ連想される。

しかし、イエスはこれを見て憤り、弟子たちに言われた。「子供たちをわたしのところに来させなさい。妨げてはならない。神の国はこのような者たちのものである。はっきり言っておく。子供のように神の国を受け入れる人でなければ、決してそこに入ることはできない。」（『マルコによる福音書』第十章、第一四－一五節）

スイスのフランス語圏の改革派教会の父の一人と目されている、ヴォー州出身のプロテスタント神学者アレクサンドル・ヴィネ（一七九七―一八四七）は、敬虔主義の「覚醒運動」を擁護していた。ヴィネは「霊的な子ども状態」を保つことが大切だと説き、子どもの状態こそ真の「心の成熟」が訪れる場であり、人間にとって完璧な状態だと考えていた。ヴィネの意見によると、「よい子どもの本こそ、大人が読むべき最良の本にほかならない[50]」。彼自身も、つねづね『ロビンソン・クルーソー』を愛読していた。ルソーやミシュレに始まり、現代のミシェル・トゥルニエに至るまで、数多くの作家が異口同音に高く評価する本だ。

ヴィネは、児童文学を次のような美しい言葉で賛美した。

> あらゆる年齢層の読者にとって、すぐれた子どもの本ほど魅力的な読み物は他にあるまい。子ども時代は、人がうっかり足早に通り過ぎてしまう楽園である。［…］この失われた楽園の印象に思いを馳せ、つかのま子どもに戻る――つまり最も幸せで、最も詩的な人間になる――のは楽しいものだ。ただこれは、よい子どもの本の唯一のメリットというわけではない。子どもの生活を観察し、的確に描き出している本は、他のどんな本にもまして、考えるきっかけを読者に与えてくれる。人間と人間倫理をこの上なく素朴に描き、その素朴さゆえに深い洞察を人間心理に加えるからである。したがって、大人になっても子どもの本を読むのが好きな人々は――意外なほど多いものだが――自らの素朴な嗜好を恥じるべきではない。［…］子どもの本が我々の図書館において栄誉ある位置を占めるべき偉大な本、すばらしい本である可能性は、十分にある[51]。

教育に情熱を燃やしていたヴィネは、教師は教室の外の世界の現実を知るべきだと訴えていた。教師は「子どもの関心と大人の思考[52]」をもたねばならない、というのがヴィネの教育論の柱の一つだった。

シュピーリがこの考えを聞いたら、きっと全面的に賛同したことだろう。自然との触れ合いに結びついた学校教育の大切さを、ヴィネは全力で強調している。自然は、神が創造した世界について書かれた一冊の書物のように紐解かれるのだ。もちろん、「あらゆる知恵と力の源」[53]とされる祈りの大切さも忘れてはならない。もう一度だけヴィネから引用しよう。

人間精神の内的性質と、精神のさまざまな機能の相互連関を探求するには、子どもの精神の初期の発達段階に目を向けるべきではないのか？[54]

敬虔主義と、子ども時代の礼賛または子ども時代へのノスタルジーは、分かちがたく結びついているように思われる。

「ロマン主義の宗教」

敬虔主義運動がどこまで広く影響を及ぼし、どこに運動のルーツがあるのかは、見きわめがたく錯綜している。それを残らず汲み尽くそうとしても無理だろう。プロテスタントの人々が、既存のプロテスタント教会自体に反旗を翻《ひるがえ》し、教会の教えを形骸化したものとして批判し、根源としての福音書に立ち戻ろうとしたとき、新たな神学者たちや預言者たちや神秘家たちが姿を現し、新たな宗派が生まれていった。いわば永続的な宗教改革である。分かりやすい例が「覚醒運動」だ。この運動によって多くの教会や神学校が設立された。ジュネーヴで神学校を設立したルイ・ゴーセン（一七九〇―一八六三）には、『神の霊感、または聖なる書物の完全なる取り込み《アンスピラシオン》』（一八四〇）という著作がある。いささか仰々しいタイトルだが、この本では、聖書の一言一句を残らず自分の中に取り込むべきだと説かれていた。

当時、さまざまな異質な運動が存在したが、聖書に寄り添う「生きた信仰」が求められ、心の中の信仰が、心を信仰の試金石とすることが重視された点は共通している。啓蒙主義の冷たい合理精神からは対極にある運動だった。マルト・ロベールの言葉を借りると、ロマン主義の宗教だったのである。

すべてのロマン主義者は、それ自体としてとらえられた幼年期、したがって、個人の伝記の、ある日付をもった断片としてではなく、人間と事物と動物とがいまだ不分明なものの楽園に浸っているところの、失墜以前の時としての幼年期にたいする崇拝において共通点をもっている。子供であること、再び子供にかえること、それは合理思想によってひき起こされた逆行不可能な分離を抹殺することであり、細分化された科学によってやがて禁じられることになる純粋さ、調和、悟りを再び見出すことである。(55)

敬虔主義は個人主義的ではあるが、自分自身の中に引きこもることではない。他者に福音を説くことや伝道活動、社会福祉活動が、この運動の大きな柱だった。恩寵の選び、信仰義認論、救済予定説、厳格なモラル。ただし信徒を抑圧はしない。これらはすべて、固い信念と強い心をもった、原始キリスト教のエネルギーにあふれた個性的な人々を輩出することにつながった。

シュピーリ文学のプロテスタント的要素

シュピーリの作品には、宗教的のみならず社会的なことがらについて助言を与えてくれる牧師がよく登場する。短編『柳《やなぎ》のヨーゼフ』(一八八二)には、プロテスタントとカトリックの差異をめぐって興味深い一節がある。カトリック教徒はよく礼拝堂に行き(礼拝堂は常に開かれている)、集まってお祈りをする。これに対してプロテスタントの人々は日曜しか教会に行かない(教会は日曜以外は閉まっている)。この短編に登場する少女は、これを次のように説明するのだ。「どこにいたってお祈りはできるし、神さまはどこでも聞いてくださってるもの」(15)。付け加えるな

『陽気なヘリブリ』より

（出典） Johanna Spyri, *Aus den Schweizer Bergen. Drei Geschichten für Kinder und auch für Solche, welche die Kinder lieb haben*, Gotha, Perthes, 1890, zwischen S. 202 / 203.

ら、野外の自然の中でなら一番聞いてもらいやすい、といったところだろうか。

もう一つ、典型的にプロテスタント的だと言える特徴が、音楽、とりわけ歌が高く評価されている点だ。ヨハンナの息子に音楽の才能があったことはよく知られている。シュピーリ作品には、たとえば短編集『故郷を失って』（一八七八）に収録されている『シルス湖とガルダ湖のほとりで』の少年リコ、短編集『スイスの山々から』（一八八九）に収録されている『陽気なヘリブリ』の少年ヘリブリのように、バイオリンを巧みに弾く子どもたちが登場する。讃美歌はシュピーリ作品のいたるところに出てくる。短編『神だけを友とする者を、神はいたるところで助けたまう！』（一八八二）は、幼い兄妹が新年の歌を徒歩旅行のドイツ人学生の団体に歌って聞かせ、飢えと貧困から救われるという筋書きだ。

女性詩人メタ・ホイサー

ヨハンナ・シュピーリが敬虔主義の影響を受ける最初のきっかけを与えてくれたのは、母親のメタ・ホイサー＝シュヴァイツァーだった。神秘主義的な詩を書いたメタは、ドイツ語圏スイスの最も重要なプロテスタント詩人の一人と見なされており、その詩は今日でも教会で讃美歌として歌われている。彼女は、主として敬虔主義的な牧師たちが集う詩人サークルに属していた。神への信仰に支えられ、自然の賛美と家族を大切にする気持ちを抱いて生きた彼女の作品には、その人生が反映している。彼女は一種の宗教的指導者であり、教会の垣根を越えてカトリック教徒にも手を差し伸べた。

メタ・ホイサーの詩『山々』（一八二五）では、創造主である神の完全さを反映したものとしての自然の美しさが歌われている。

ほら、永遠の全能の証人として
神の山々が高くそびえる！
その壮麗さを目にした者は
つい憧れを抱いてしまう。山はまるで
天のすぐ近くにあるようだから！
朝には、山々の白百合《ゆり》の貌《かんばせ》を
薔薇《ばら》色の冠が飾る
夕べには、谷間が暗闇に沈み
星々が瞬《またた》きだすころ、山々の額に
夕日が別れの微笑《ほほえみ》の光を送る
すると心は沸き立ち、鳩の翼があればと願う
高く、もっと高く飛びたい

黄金色の雲が山々に咲き
岩々がきらめき、氷河が赤く燃えるところ
永遠の天の扉めがけて

これは何か？　山々を目にしたとき
心に燃え立つ、この強い憧れは何か？
それは、深い予感の甘い苦痛とともに
人間の心に湧き上がるもの
この低い地上を離れ、高く、高く
［…］[56]

メタ・ホイサーの詩では、子どものモチーフは、たとえ人生の一時期に涙と苦しみを味わうことになっても、神への信仰と信頼にこそ人生の意味は見出されるのだと強調するために用いられる。「神がおまえの歩みを導いてくだされば／おまえは神の国に到る輝く道を歩み／その旅は幸せなものとなろう」（『最初の一歩』[57]）。こうした詩句からは、神さまは何が正しいかをご存じで、正しいタイミングで手を差し伸べてくださると信じるハイジの楽天的な信仰と同じものが語りかけてくる。

＊

以上を総括するなら、シュピーリ文学の宗教的メッセージは、彼女が育った文化的バックグラウンドである敬虔主義の刻印を強く帯びていたと言うことができるだろう。敬虔主義は、プロテスタントの宗教改革を継続的に発展させようとするなかで生まれた運動で、厳格さと禁欲を重んじながらも、子ども時代を黄金時代として礼賛し、擁護したのだった。

第四章　ハイジの類似品

Heidi et ses avatars

1　続編の氾濫

『ハイジ』は運が悪かった――あるいは成功しすぎた。とくに当時の出版業界の慣例が大きなデメリットをもたらしたが、ヨハンナ・シュピーリにも責任の一端はある。彼女の最初の作品『フローニの墓に捧げる一葉』はイニシャル「J・S」のみを記して刊行され、それ以降の作品は『ハイジ』第一部に至るまで、どれも『フローニ』と同じ作者によるとしか書かれていなかった。『ハイジ』がヒットしたおかげで、『ハイジ』第二部以降のシュピーリ作品は実名で公表されるようになったのだった。これは、当時の価値観としては普通のことだった。よい家柄の市民階級の女性は、公共の場に出てはならなかったのだ。シュピーリはまた、同時代の女性作家たちがよくやったように、男性のペンネームを名乗ることもしなかった。たとえばデュドヴァン男爵夫人オーロール・デュパンは男性名「ジョルジュ・サンド」を名乗り、ダグー伯爵夫人マリー・ド・フラヴィニーは「ダニエル・ステルン」を筆名とした。ただ、この方法も悪評やスキャンダルの噂が絶えなかった。

文学作品の翻訳者は、本に名前が記載すらされないことが多かった。せいぜい「原著者の許諾を得た翻訳」と書いてあればいい方だ。ところが、この悪習を逆手に取る翻訳者もいた（この点については、のちほど詳しく）。それに、一九世紀の本は出版年が書かれていないことも多い。「第二版」や「第三版」と記載されているだけだったりする。

最初の仏訳者カミーユ・ヴィダール

こうした混乱状況を鑑みれば、『ハイジ』を最初にフランス語に訳した人の名前がちゃんと分かっているのは、

最初の『ハイジ』仏訳者，カミーユ・ヴィダール

まだ幸運だと言える。その人の名はカミーユ・ヴィダール（一八五四―一九三〇）。彼女の訳は、今日なお最良かつ最も忠実な訳と見なされている。それどころか、ヴィダールはシュピーリ自身によって翻訳者に選ばれたという経緯もあり、その訳業の質の高さはあらかじめ保証されていたようなものだった。

「考えてもみてください、ハイジのフランス語が出るのですよ。ヴィダール嬢が訳してくれました。でも、本人は自分が訳したと知られたくないと言っています。すばらしい訳です[58]」と、シュピーリは友人宛ての一八八一年の手紙で書いている。このとき翻訳者が表に出たがらなかったという事情は、当時の社会で女性が知的活動を行うにあたっての困難を雄弁に語っている。ただし、カミーユ・ヴィダールは後年、率先して公共の場へと出ていくことになるのだが。

『ハイジ』の仏訳者ヴィダールは、ディヴォンヌ・レ・バンで生まれ、母親がジュネーヴの人だったので、この町で暮らすことになった。彼女は大学を卒業し、シュピーリの尽力でチューリヒ高等女学校のフランス語教師の職を得た。「反対する校長先生さまの妨害工作にもめげず[59]」と、シュピーリの別の手紙には書かれている。採用の書類選考のとき、ヴィダールの履歴書の内容はすばらしかった。ただ、女学校の理事会の面々は当初、このカミーユさんは女ではなく男だと思い込んでいたのだった！[15]

シュピーリは若き女性教師ヴィダールに対する賛辞を惜しまず（「宝物のような女性《ひと》」）、とりわけヴィダールの人間的魅力と教師としての能力を高く評価している。チューリヒで二年間、教師を務めたのち、ヴィダールはジュネーヴに戻り、そこで女性解放運動に身を投じた。この運動は、プロテスタントの影響を受け、博愛的で社会福祉活動に熱心なタイプのフェミニズムだった。一八九一年、彼女はアメリカの女性協会をモデルにした「ジュネーヴ女性連盟」の設立に関わり、一八九六年にはスイス初の（ヨーロッパ初でもある）「女性会議」の開催のために働いた。

ヴィダールは八面六臂《はちめんろっぴ》の活躍をした。女性の権利が侵害される事案が発生したら、ほぼ必ず姿を現した。彼女がメンバーとして、あるいはリーダーとして参加していないフェミニズム団体は、ほとんど一つもなかった。女性の参政権、女性の就労の権利（たとえば警察など男性の領域とされた職種について）、男女共学、廃娼運動、平等賃金、困っている女性のための避難所《シェルター》——数えだすときりがないほど多くの問題をめぐって、ヴィダールは第一線で闘った。もちろん、彼女はたった一人きりで闘い抜いたわけではなく、味方してくれる女性たちがいた。ヘレーネ・フォン・ミューリネン、ポーリーヌ・シャポニエール、エマ・ピエチンスカ、エミリー・グール、そして長年の友であったハリエット・クリスピー[16]。

カミーユ・ヴィダールは、要するにこの上ないほど戦闘的な女性だった。これほどハイジとかけ離れた人物像もめったにない。家庭の幸福を第一に考える完璧な主婦からも、とても遠く隔たっているように見える。ハイジが女性解放運動の闘士になったところを、ちょっと想像してみるといい！　ただ、当時のフェミニストたちは、けっして家庭の幸福を否定しなかった。逆に、フェミニストが政策として掲げた要求には、家政学の授業の実現も含まれていた。「工場よりは台所の方がいい」と考えられていたからだ(60)。

シュピーリとヴィダールは、プロテスタント文化に根ざすという点でもお互いに接近している。ただし、二人はそれぞれ違った方法でその文化の影響を受けた。シュピーリは結婚しており、ブルジョワ階級の暮らしの中で、もっぱら家庭生活と宗教生活（慈善活動を含む）に携わりつつ、そのかたわら文学の創作に励んでいた。これに対してヴィダールは独身を貫き、社会活動と政治活動の闘士として常に最前線にいた。つまり、二人はまったく異なるタイプの人格だったのだろうか？　必ずしもそうではない。カミーユ・ヴィダールは、女性は愛の使命を負う存在だと考えていた。争いを調停したり、不正を正したり、正義を押し通したりするうえでは女性が男性よりも優れていると信じていたのだ。そういえば、シュピーリ作品の女性の登場人物たちも同じ役割を果たしている。ほかならぬハイジが、そのような和解と解放と同情への意志を完璧に体現した人物像ではないか。ハイジは周囲の人々を変える。「野蛮人」だったアルムおんじを穏やかな善人に変身させ、頑なに勉強を拒んでいた劣等生ペーターを、よく勉強するおとなしい生徒に作り変える。

この二人の女性には、さらにもう一つ共通点がある。鬱の傾向だ。ヨハンナ・シュピーリと同様カミーユ・ヴィダールもまた、女性参政権の運動の挫折や、ハリエット・クリスビーとの別れを経験し、深刻な抑鬱状態に陥ったのだった。

ヨハンナとカミーユの関係は、文学の領域には限定されない。ある種の共犯関係が二人を結びつけていた。現存する手紙から、二人は『ハイジ』の翻訳後も長いあいだ交流していたことが分かる。交代で相手を訪問し、共同作業を行い、いっしょに旅行にまで行った。けれども一八九三年に突然の破局が訪れる。おそらくカミーユの戦闘的なフェミニズムが原因だろう。この二人の文通を研究したレギーネ・シンドラーによると、手紙の内容は翻訳に関する話題が多いとのことだ。したがって、『ハイジ』後のシュピーリ作品の優れたフランス語訳を手がけたのも、おそらくカミーユ・ヴィダールだと考えて間違いない。

シャルル・トリッテンの続編

二〇世紀に入ってからの状況は、それほど良心的ではなかった。シュピーリ作品の出版点数や『ハイジ』の新しい版が飛躍的に増えるなか、やがて『ハイジ』の「類似品」が大量に出回ることになるのだ。一九三三年、シャルル・トリッテンによる新訳『ハイジ――アルプスの少女の不思議な物語』が刊行される（ヴィダール訳の第一部タイト

①『ハイジ――アルプスの少女の不思議な物語』原作の第一部の仏訳

②『ハイジは成長する』原作の第二部の仏訳
トリッテン作の後日譚が追加されている.

ルは単に『ハイジ』だったが、こんな副題がついた）。これ以降、トリッテンが手がけた一連のハイジ小説が「新訳」と称してパリの出版社フラマリオンから世に出された。スイス国内では、フラマリオンから独占販売権を得たジュネーヴの出版社アンリ・スチュデールから同じ内容の本が出ている。ためしに、のちに再版された『アルプスの少女の不思議な物語』を開き、巻末に付された「ヨハンナ・シュピーリの作品」の項目に記載されたシリーズのタイトル一覧を見てみよう。

- 第二部『ハイジは成長する――「アルプスの少女の不思議な物語」の続編。未公開の結末部分（訳者による）を追加』。一九三四年。これには訳者名の記載なし。
- 第三部『若き娘ハイジ――「ハイジ」「ハイジは成長する」の未公開の続編（訳者による）』。一九三六年。やはりトリッテンの名前は記載なし。
- 第四部『ハイジと子どもたち――「ハイジ」「ハイジは成長する」「若き娘ハイジ」の未公開の続編』。

一九三九年。この版から「シャルル・トリッテン」が作者名として明記されるようになる。
• 第五部『ハイジおばあさん』。一九四六年。同じシリーズで出ているが、作者はトリッテンではなく「レア」名義となっている。

それでは以下、このシリーズについて詳しく見ていく。

第二部『ハイジは成長する』

「未公開の結末部分」と言われるとシュピーリの未発表原稿なのかと一瞬思ってしまうが、「訳者による」と但《ただ》し書きがあるのは正直でよろしい。この本では、シュピーリ自身の手になる『ハイジ』第二部にあと四つの章が追加されているが、その目的は明らかだ。この追加部分は、トリッテンがこれから書くことになる二つの続編への橋渡しをするような内容になっている。つまり、この時点ですでに続編の出版が計画されていたのは疑いない。

追加された四つの章では、ハイジは一二歳になっている。髪の毛の色がブロンドになったりはしていないが、太いおさげ髪がくっついている。後世の映画やコマーシャルでよく見かけるハイジの視覚的イメージが、この時点でほぼできあがっていると言えるだろう。ハイジは来年——つまり一三歳で——ラガーツ温泉に「ご奉公に出る」ことが決まっており、そのせいで心配している。おじいさんはハイジを慰め、自分はこの「小さな主婦」と離れるつもりは毛頭ないと断言する。ハイジの「整理整頓と清潔さ」への愛にはますます磨きがかかり、いつも掃除に精を出している。冬学期にはスイス史の授業（トリッテン作品では「スイスの歴史」のモチーフが何度も出てくる）を受け、スイス盟約者団がオーストリア軍を破った一三八六年のゼンパッハの戦いで身を挺して自軍の勝利に貢献したとされる伝説上の英雄、ヴィンケルリートのアルノルトの運命に心を痛める。ハイジはとある貧しい家族の面倒を見て、ある種の看護師のような役目を果たす。ハイジが養父のお医者さまに向かって、病人の看護は女性が医療活動の分野において果たすことができる唯一の「まっとうな」仕事だと言う場面がある（このいささか古めかしい考えを、トリッテンはシュピーリの別の小説『ジーナ』から借りてきている。この小説については、のちほど改めて触れる）。月日は矢のように流れ、とある冬にクリスマスをみんなで盛大にお祝いしたあと、一五歳になったハイジはアルムの山を離れ、ジュネーヴ湖のほとりの寄宿学校に入る。

シャルル・トリッテン（一九〇八―一九四八）は、『ハイジ』以外にも『ピノキオの冒険』や『獅子心王リチャード』をフランス語に訳している。数ある『ハイジ』続編のうちでも、トリッテンのものが最も巧妙に作られていると言えるだろう。以下、トリッテン独自のハイジ物語の内容を見ていく前に、再度確認しておきたい。トリッテンはシュピーリの『ハイジ』第一部と第二部を新訳し、第二部には四つの章を付け加え、その追加部分がトリッテン独自の続編の導入部分になっている。トリッテンによる翻訳は、かなり自由気ままなもので、いくつかの段落（たとえば讃美歌が出てくる箇所はほとんど全部。他にも多くの会話）がごっそり削除されている。トリッテンは原文を短縮し、単純化し、単線化した。さらに、登場人物の名前をわざわざフランス風に変えている。ペーターが「ピエール」、クララが「クレール」になっているのはもとより、ゼーゼマン家は「ジェラール家」、ロッテンマイヤーさんは「ルージュモンさん」、クラッセン医師は「レルー医師」になっている。それどころかヤギの名前まで変えられた。

ただし、原作の敬虔主義的な要素は、トリッテン版でも完全に消えたわけではない。ハイジはあいかわらずよく祈るし、心をこめて神さまに語りかける。トリッテンが新たに追加したのは、とりわけスイス愛国的な要素だった（ファシズムと世界大戦の時代だから無理もないとも言える）。さらに、ハイジが母親がいないことを嘆くシーンが続編には出てくるが、これによってトリッテンはシュピーリの原作に足りないものを補ったつもりだったのだろう。

呼んでも無駄だった。来てくれるはずがないから。ハイジのお母さんは、もういないのだ。自分の娘が悲しんでいても、慰めにくることはできない。けれども少女は今、愛と優しさに飢えていた。誰かに寄り添いたかった。温《ぬく》もりと隠れ場所を与えてほしかった。ギュッと抱きしめて、キスをして、叱ったりせず優しく言ってほしかったのだ。「こっちにいらっしゃい。何がそんなに悲しいのか、言ってごらんなさい！」と。(61)

興味深いことに、シュピーリ自身の『ハイジ』二部作には、母親がいなくて悲しいというモチーフは一切出てこない。ハイジはその問題をあっさり解決しているように見える。母性愛への欲求は、母親の代替としての人物たち——おばあさんたち——が十分に満たしてくれている。両親のいないハイジは、フロイト用語で言う「ファミリー・ロマンス」を背負い込む必要がないのだ。ハイジはアルムの山で、自分なりの理想の家族のあり方を実現し、フロイト的な意味で親との葛藤に悩むことがない。

ステレオタイプ的なスイス像を描いているのはシュピーリの原作の弱点で、そこは今日の目からはやや古臭く見えるのだが、トリッテンはこの弱点を大いに拡大した。トリッテンはステレオタイプの上にステレオタイプを重ね、ハイジは「小さな主婦」であるばかりか、完璧な妻にして母、愛国的スイス人女性の鑑《かがみ》になった。ともあれ、トリッテンはシュピーリの作品と思想を知り尽くしていた。トリッテンの続編を読んでいると、彼が『ハイジ』以外のシュピーリ作品もよく知っていたことが窺える。それどころか、彼はそういった作品を「再利用」し、自分の続編にパーツとして組み込んだのだ。どういうことか。まずは『若き娘ハイジ』の内容を見ていこう。

第三部『若き娘ハイジ』

作品冒頭で、ハイジはローザンヌの寄宿学校に入っている。ハイジは他の少女たちと知り合うが、どちらかというと新しい環境になじめずにいる。ハイジは二年前からバイオリンを弾くようになっている。これはクレール（クララ）にプレゼントされたものだ（前にも述べたが、シュピーリ作品にはバイオリンを弾く人物がよく登場する）。おじいさんはアルムの山で孤独に暮らし、ハイジの便りを待ちわびている。庭師になったピエール（ペーター）の代わりに新たにトニーというヤギ飼いの少年が登場する。レルー医師（クラッセン医師）は、悲しむおじいさんを見かねて、ハイジが夏休みにアルムの山に戻ってこれるように手配する。ハイジは、寄宿学校で一番の親友になったハンガリー人の少女ジャミーを連れて帰省する。ジャミーはすぐにアルムの山の生活の魔力の虜《とりこ》になり、風景の美しさに有頂天になる。

読者がやや退屈してきたころに、ドラマチックな展開が起こる。ヤギ飼いの少年トニーが、崖から落ちそうになった仔ヤギの命を救うのだ。このエピソードは、シュピーリの短編『ヤギ飼いのモニ』（一八八六）から盗んできたもので、この短編をトリッテンは勝手に自作に流用している。『モニ』は、陽気で優しいモニと腹黒い嘘つきのイェルクリ、二人のヤギ飼いの物語だ。あるときイェルクリは宝石をちりばめた十字架を拾い、持ち主を探そうとする代わりにネコババして売ろうとする。彼は何とかしてモニを共犯者にしようとして、その見返りに、体が弱いため持ち主に殺されそうになっている仔ヤギの命を救ってやるとモニを誘惑する。この物語をトリッテンは丸ごと着服した。変えたのは登場人物の名前だけ——原作では装身具を失くすのはアルプスの山に来た湯治客のパウラということになっているが、トリ

③『若き娘ハイジ』トリッテン作の続編
ただしシュピーリ他作品からの盗作部分を含む．邦訳『それからのハイジ』に相当．

『ヒンターヴァルトで』より

（出典） Aus den Schweizer Bergen, a. a. O.（134頁参照）, zwischen S. 74 / 75.

『ヤギ飼いのモニ』より

（出典） Johanna Spyri, *Kurze Geschichten für Kinder und auch für Solche, welche die Kinder lieb haben*. Zweiter Band, Gotha, Perthes, 1886.

ッテンはこれを「ジャミー」に変えた。すると——あら不思議、新しい物語のできあがりだ！「アルムの山の悲しいできごと」という章では、アルムおんじの山小屋が稲妻で火事になり、燃えてしまう。災難に見舞われた老人は、しかし一向にめげず、ピラトの山の伝説をはじめ、スイスの歴史と伝統に根ざした物語の数々を子どもたちに語って聞かせる。

寄宿学校を卒業してデルフリに戻ったハイジは、自分がヒンターヴァルトという村の学校教師に選任されたことを知る。ここでトリッテンは、今度はシュピーリの短編集『スイスの山々から』所収の『ヒンターヴァルトで』を再利用している。この村は、いわばデルフリを逆さまにしたような嫌な場所で、村の子どもたちはシラミだらけで暴力的だ。新任教師のハイジは、シェルという名前の問題児を何とかして手なずけようとする。少年は最後に、ハイジに自分の秘密の隠れ家を見せる。そこで少年は絵を描くことに没頭していたのだった。そこでハイジは、絵の道に進むようシェル少年を励まし、少年を更生させることに成功する。小説のラストで、ハイジはピエール（ペーター）と結婚する。

第四部『ハイジと子どもたち』

次の続編、『ハイジと子どもたち』は、明らかに詰め込みすぎでストーリー構成もひどく、トリッテンが書いたもののうちで一番できが悪い。ハイジにはすでに三人の子どもがいる。名前はアンリ、アネット、ポール。ここから大量の情報が一気に開示され、次々にできごとが起こる。女子寄宿学校時代の親友ジャミーは、今ではアメリカ合衆国で暮らしている。彼女は自分の子どもたちを連れてスイスに来ようとしている（そして結局、四年間も滞在することになる）。アルプスの山の健康な空気を吸えば、喘息《ぜんそく》に苦しむ娘のマーガレット＝ローズの病状が改善するのではないかと期待してのことだ。アルムの山では、しかしピエール（ペーター）が外国人の客を嫌がり、緊張が走る。ハイジにとっては娘アネットも心配の種だ。この少女は自閉的で行動障害があるように描かれており、自分は愛されていないと思っている。とにかく、アメリカからの客人たちの到来で、家中がひっくり返るのだ。アメリカ人の一行は山へハイキングに行き、それからスイス中を観光旅行する——トリッテンはここぞとばかりにスイスの国民の歴史《ナショナル・ヒストリー》のレッスンを作中にねじ込み、スイス人の英雄的な事績を得々として礼賛する。

④『ハイジと子どもたち』トリッテン作の続編

邦訳『ハイジのこどもたち』とは別物.

ストーリーが進むにつれ、トリッテンは数多くの民話や伝説を自作中に取り込むようになっていき、スイス各地の言い伝えをハイジに語らせる。悪魔の橋の伝説、カモシカの伝説、ベー岩塩鉱山の伝説など。トリッテンはここでもまた、シュピーリの二作品を流用している。『短編集その二』所収の『大岩』（一八八六）と、『スイスの山々から』所収の『イントラの仙女』（一八八九）だ。どうしようもなく錯綜した事態。それとも、みごとな文学的仕掛けと呼ぶべきだろうか？　シュピーリが創作した人物であるハイジが、シュピーリが語った物語の語り手になるとは……。(62)

スイス国民の聖地（リュトリの野、ヴィルヘルム・テルの礼拝堂、ライン滝）を一通り見て回ったあとで、アネットとマーガレット＝ローズは二〇年前に母親たちが学んだのと同じ寄宿学校に入る。ここでジャミーの娘は猩紅《しょうこう》熱で死にかけるが、ローザンヌの医師たちの尽力と、アルムの山での保養が功を奏して回復する。

第五部『ハイジおばあさん』

トリッテンによるハイジ布教のミッションは、ここでいったん終わりを告げる。しかし、アルプスの少女をめぐる大河小説はまだ終わらない。次にバトンを受け取ったのは、レア――これはジュネーヴの歴史学者アルベール＝エミール・ルシー（一八九四―一九五五）の筆名だという。(63)彼はスチュデール出版社から、シリーズの続編『ハイジおばあさん』を刊行した。この本にはジャン・ベルトルドが洗練された挿絵をつけている。物語の冒頭で、過ぎ去った年月のできごとが総括される。ハイジとジャミーの子どもたちの名前が列挙され、どこで何をしているか説明される。それに続けて、この二人の孫たちについても説明がある。二人とも、すでにおばあさんになっているのだ。そこから何章か、デルフリの村の学校の話が長々と語られる。学校の先生がいなくなったので、さしあたりハイジが教師に復職し、あとでアネットが仕事を引き継ぐ。アネットは教授法の基礎を知り、教える喜びと悲しみを知る。

ハイジの息子たちの一人が移住先のアメリカから戻り、みんなでチューリヒのスイス国内博覧会《ランデスアウスシュテルング》[17]を見物する。そして、八月一日の建国記念日のお祭り騒ぎを目のあたりにする。お決まりの国旗掲揚、スイス讃歌の斉唱、花火。本の終わり近くで、第二次世界大戦が勃発する。男たちは徴兵され、ハイジ一家はアルザスの戦災孤児を引き取る。言うまでもなく、少年はただちにアルプスの魔力の虜になる。

続編の功罪

以上で見てきた『ハイジ』続編は、見るからに統一性のないガラクタを寄せ集めたツギハギ細工だ。はっきりした話の筋は存在しないし、語りには首尾一貫性がない。なにしろ、さまざまな伝説や他のシュピーリ作品から借りてきた物語が随所に挿入され、ストーリーが寸断されているのだから。その操作には、スイスの子どもたちに自分の国の歴史を教え、愛国心を目覚めさせるというご立派な目的があるように見える――その一方、そもそも「ハイジ」と名前をつけておけば売れるという商業目的の出版であったことも一目瞭然だが。登場人物の心理は薄っぺらくしか描かれないので、新たに追加された人物たちにはあまり感情移入できない。ただ、ハイジがどうなるかはたしかに気になる。シュピーリ作品においてと同様、人々はアルプスの山にしっかり根ざしているが、格段にフットワークが軽くなっている。スイス中を旅して回り、アメリカと往来する。ついでに言えば、小市民性も向上している。現代社会が到来し、招かれざる客、戦争もやって来る。他者の苦しみに共感する、

⑤『ハイジおばあさん』レア作の続編

『ハイジの微笑』ガラ作．シュピーリの後期作品『ヴィルデンシュタイン城』の翻案

『ハイジの国で』ハイジとは無関係のシュピーリ短編集

温かい人の心は残っている——とはいえ、『ハイジ』シリーズの最初の二冊がもっていた魅力は雲散霧消してしまった。結局、誰にでもヨハンナ・シュピーリの真似ができるわけではないのだ……。

その後、『ハイジ』続編をめぐる状況は、さらに混迷の度を深めていく。このシリーズが一九五八年に「フラマリオン青少年文庫」に収録されたとき、短編集『故郷を失って』が新たにシリーズに追加された。これはたしかにシュピーリの作で、最高傑作の一つと言っても過言ではない。それから『ハイジの国で』と題した本も追加されている。これもシュピーリの四つの短編を集めたものだが、狭い意味では『ハイジ』には何の関係もない。訳者はまたしてもトリッテンで、彼は四作品のうち三つのタイトルを変えている。『ヴィーゼリの道はどうして見つかるか』（一八七八）は『幸せの道』に、『クロメリンとカペラ』（一八九〇）は『ベルニナ山の子ども』に、『安全に守られて』（一八八二）は『断崖の奇跡』に改題された。さらにトリッテンは、またしても作品の内容を単純化し、登場人物の名前を変え、ストーリーを大胆に書き換えた。たとえばシュピーリの『クロメリンとカペラ』の結末では、主人公の少女ツィリが天国でお母さんに再会することを願いつつ死ぬが、トリッテン訳の『ベルニナ山の子ども』では、主人公の少女「マド」が親切な家族に引き取られて生き永らえる。

トリッテンはまた、シュピーリの『グリトリの子どもたち』第二部（一八八四）で語られる物語を切り離し、『新たな故郷』として出版している。この表題は、『グリトリの子どもたち』第二部の第一章のタイトル「新たな故郷」から取られた。

フラマリオン社の『ハイジ』続編は、もう一つある。シュピーリ原作、ナタリー・ガラ翻案の『ハイジの微笑《ほほえみ》』（一九五五）だ。これは、幽霊が出ると噂されるお城に興味津々なドランクール家の子どもたちをめぐる奇妙な物語だが、タイトルに入っているハイジその人は、作中では申し訳程度に五回ばかり言及されるにすぎない。ドランクール夫人の幼なじみのベアトリスの微笑が、かつて夫人が会ったことのあるハイジに似ている、という話。たったそれだけだ。少女ベアトリスは、ハイジと同じように他人の心を開く不思議な才能をもっている。(64) 彼女は最終的に、城の主《あるじ》（アルムおんじによく似た人物）が自分の叔父であることを突き止め、その養女として引き取られる。

この作品には、シュピーリの物語の書き方の特徴がよく出ている。だが、これは本当にシュピーリ作品を下敷きにしているのだろうか？　その点が長年の疑問だったが、最近、どうやら本当らしいと確認できた。『ハイジの微笑』は、シュピーリの後期作品『ヴィルデンシュタイン城』（一八九二）をかなり大胆にアレンジした翻案だったのだ。ストーリーの大まかな流れは原作の長編小説と同じだが、分量は大幅に短縮され、登場人物の名前はフランス風に変えられている。レオノーレが「ベアトリス」に、マクサ夫人が「ドランクール夫人」になっている。『ハイジ』との関連づけは、もちろんガラが独自に追加したものだ。明らかに商業的な理由だろう。

一九三〇年代に出たトリッテンの『ハイジ』シリーズにはジョドレの美しい挿絵が添えられていたが、「フラマリオン青少年文庫」版のミノーの挿絵は、もっと安っぽい。

すべてが曖昧《あいまい》にぼかされ、雑に作られている。驚いたことに、こうした続編の氾濫は、ドイツ語圏には波及していない(65)。スイスのドイツ語圏で『ハイジ』といえば、シュピーリによる最初の二冊だけだ。トリッテンの大河小説は、しかし英語には訳されている。アメリカで刊行された『ハイジ』続編には、トリッテンの名が作者として明記されているのだ[18]。

シュピーリ自身の『ハイジ』第一部と第二部のフランス語版も、さまざまなタイトルで流通している。いくつか例を挙げよう。

- シャルパンティエ出版社　第一部『ハイジ』、第二部『アルプスのハイジ』。
- エコール・デ・ロワジール出版社　第一部『ハイジ——山と奇跡』、第二部『ハイジ——人生の前で(66)』。
- フォリオ・ジュニア[19]　第一部『ハイジ』、第二部『ハイジ2——アルプスの夏』

章のタイトルも、出版社によって原作とはかなり違う。第一部の第一章「アルムのおんじのところへ」は、一九八〇年のフラマリオン社の版では「恐いおじいさんはハイジをどう出迎えるか?」と、見る影もないほど変えられている。

このように原作が無造作に扱われたり、好き勝手に手を加えられたりするのは、児童文学というジャンルの本については「細かい点」にあまり注意が払われない、という事情による。自分が原作に忠実なオリジナルを読んでいるか、そうでないかなど、子どもの読者も親も気にしない、と考えられているのだ。同じことが『不思議の国のアリス』や『ピーター・パン』や『ピノキオ』などの、数えきれないほど多くの版や翻案作品が流通している有名な作品にも当てはまる(67)。国や時代によって大きく形を変える伝説やメルヘンと、よく似た状況と言えるだろうか。

誤訳についても、ここで少しだけ語らせていただこう。一番気になるのが、「牧師さま」や「礼拝」といった表現についての誤った理解だ。たとえばガリマール社の青少年向けカタログに入っている一九九五年の版では、それぞれ「神父さま」「ミサ」と訳されている。骨の髄までプロテスタント作家だったヨハンナ・シュピーリが、いつのまにかカトリックに改宗したとでも言うのか！

ちなみにインターネット書店では、シュピーリが書いたこともない本がシュピーリ作品として売られていたりする。「ヨハンナ・シュピーリが書いた本」と題した長い電子メールが送られてきたと思ったら、長々とリストアップされているのは、もはやアルプスの少女ハイジの本でも何でもない。パリのハイジ、イルカと遊ぶハイジ、ハイジとサンタクロース、ハイジとお化け、などなど。ためしに少し書き写してみよう。

『ハイジは成長する』、『ハイジ——アルプスの夏』、『若き娘ハイジ』、『ハイジの青春』、『ハイジとお祭り』、『デルフリのハイジ』、『ハイジと鳥小屋』、『ハイジと雪崩』、『パリのハイジ』、『ハイジと不思議な鳥』、『ハイジとサーカス』、『ハイジと奇妙な動物たち』、『ハイジとヤギ泥棒』、『ハイジと山火事』、『ハイジと憂鬱な犬』、『ハイジと新学期』、『ハイジとバルタザール』、『ハイジとサンタクロース』、『ハイジとカモシカ猟師』、『ハイジと仔馬セザール』、『ハイジとハチミツ泥棒』、『ハイジと空から来たお友だち』、『アルプスの嵐』、『ハイジとハリネズミ』、『魔法の家』、『ハイジと謎のルーレット』、『ハイジとアルプスのお化け』、『ハイジと飼い馴らされたマーモット』、『同じクリスマスは二度とない』、『ハイジと魔法の川』、『ハイジとオオカミ』、『青いイルカ』、『ハイジとソリ競争』、『ハイジと謎の洞窟』、『ハイジと仔グマ』、『ハイジと見捨てられた水車小屋』、『ハイジと仔ヤギブルーノ』、『ハイジと傷ついた鳥』、『ハイジとリス』、『ハイジ——アルプスの秘密』、『ハイジと迷子のヤギ』、『ハイジとエーデルワイス』、『アルプスのハイジ』、『ハイジ帰る』……。

どんなクオリティのものか知らないが、この大量のハイジ本の内容を詳しく比較検討するのは遠慮させてもらう。どうか大目に見ていただきたい。

トリッテンの後継者としてフランス語の『ハイジ』続編を書いた作家に、マリー＝ジョゼ・モーリーがいる。驚いたことに、彼女の作品では、ハイジは海を渡ってアメリカまでたどり着く。作品リストの一部を抜粋しておこう。

『ハイジ、デルフリに帰る』、『パリのハイジ』、『ハイジとアルプスの大自然』、『ハイジとサーカス』、『ハイジと雪崩救助犬』、『ハイジと大群』、『デルフリのハイジ』、『ハイジと謎のお城』、『ハイジと小さな学校』、『ハイジとボート』、『ハイジとノラ』、『山のハイジ』、『海のハイジ』、『山小屋のハイジとクレール（クララ）』、『農場のハイジ』、『ハイジと長い冬』、『ハイジと山で遭難』、『海を渡るハイジ』、『アメリカのハイジ』、『ハイジ、村に帰る』、『ハイジ、クリスマスを祝う』。

奇妙なことに、先に見た「シュピーリ作品」のリストに出てくるのと同じ、あるいはよく似たタイトルがいくつか含まれている。

ともあれ、児童文学の分野では、一つの物語をどんどん書き直したり、続きを書いたりしていく傾向が昔からあった。続編パラノイアの傾向と言うべきか。たとえばジルベール・ドラエイの古典的作品『農場のマルティーヌ』（一九五四）の続編をすべて把握するのは、もはや不可能になっている。ただ、この場合は誰が続編を書いたかは、一応はっきりしている。原作に挿絵をつけたマルセル・マルリエの息子ジャン＝ルイ・マルリエが一九九九年以降、文章担当を引き継いだのだ。

アメリカでは、『ポリアンナ』をめぐって似たような現象が生じた。この作品は、少し遅れてやって来た『ハイジ』（おじいさんと山は出てこないが）と呼ばれることがある。原作者エリナー・H・ポーターによって最初の二冊が一九一三年と一九一五年に出版されたあと、別人の手によって数多くの続編が書かれた。ハリエット・ラミス・スミスとエリザベス・ボートンが続編作者の代表である。このシリーズは、作中で提示される「喜びを見つけるゲーム」という哲学にちなんで「喜びブックス」と称される。主人公ポリアンナは、あらゆるものごとにポジティブな面を見出すことで、人生のあらゆるできごとを――どんなにつらく、苦しいできごとでも――幸せと満足の瞬間に変える能力を身に着けている。無敵の楽観主義《オプティミズム》だ。このゲームは「なんでも喜ぶことなのよ。喜ぶことをなんの中からでもさがすのよ」[68]と少女ポリアンナは作中で説明する。ポリアンナは一一歳、金髪のおさげの少女で、ハイジと同じく親を亡くしている（物語の冒頭で、牧師の父が死ぬ）。どんなゲームなのか、具体例を見てみよう。ポリアンナは人形が欲しいと思っていた。けれども、慰問箱の中に入っていたのは――松葉杖だった。こういう場合、自分が松葉杖を使わずに済むことに喜ぶべき、ということになるのだ！　ただ、第一巻の末尾でポリアンナは自動車に轢《ひ》かれ、脊髄損傷で足が動かなくなる。彼女は「以前、足があったことがうれしい」と喜ぼうとするが、ここに至って、喜びを見つけるゲームは困難に直面する。結局、ポリアンナは専門医の治療を受けて、また歩けるようになる。ここではもちろん、『ハイジ』のクララのことを連想せずにはおれない。

　ポリアンナは牧師の娘とされており、作品全体にプロテスタント的な伝道精神と義務感が底流しているが、信仰の教え方そのものはシュピーリの場合とは異なる。喜びを見つけるゲームを支える底抜けのポジティブ思考が、いわば新たな宗教となり、あらゆる困難を打ち負かし、周囲の人々を善人に変えていくのだ。その点自体は、ハイジが周囲に対して実践することと何も変わらない。

　そのように考えれば、なぜシュピーリの小説が大西洋の反対側でこれほど高く評価されたのかが理解できる。そこには、『ポリアンナ』の主人公に与えられたポジティブ思考の生き方に通じるものがあるのだ。そして実際、エリナー・H・ポーターはきっとアルプスの少女の物語を読んだことがあったのだろうと思う。

シュピーリの『ハイジ』の改作や続編や翻案をリストアップしようとすれば、きりがない。あまりにも数が多すぎるので、それを全部記録して、体系的に比較検討しようとしても無駄に終わるだろう。この物語の国際的な人気からすれば、ハイジが外国で、私たちスイス人の知らないところで、もっと変わった運命を体験しているのは間違いない。

＊

2 日本のハイジ

外国でのハイジの運命といえば、どうしても見ておきたい国がある。日本だ。毎日のように、大勢の日本人観光客が押し合いへし合いして長い行列を作り、デルフリめがけて山道を登っていく。この光景は、ただ単に「ハイジランド」の宣伝が日本でうまくいっているから、では説明がつかない。じつは、この日本という国と私たちのアルプスの少女のあいだには、ずっと前から蜜月の関係が存在しているのだ。小説『ハイジ』が最初に日本語に訳されたのは一九二〇年。その五年後に、登場人物の名前をすべて日本風に変えた新しいバージョン、『楓物語』が世に出た。そこから本格的なハイジ・ブームが始まり、今日に至るまで、この「日出ずる国」では三〇以上の訳本が刊行された。日本は「シュピーリ全集」が刊行されている唯一の国だとも言われている。それどころか、前にも触れたように、日本人はハイジ好きが高じて「ハイジの村」を自分の国の山の中に作ったりもしている。

テレビアニメ『アルプスの少女ハイジ』

日本のハイジ人気は、高畑勲が高橋茂人のプロデュースで一九七四年にアニメ『アルプスの少女ハイジ』を制作したとき、頂点に達した。この番組は全五二話、一年にわたってテレビ放送された。高畑監督は、いかにも日本人らしい完璧主義でもって、細かいところまで非常によくできた、金銀細工のような芸術作品を仕上げている。彼はわざわざ原作の舞台を訪れ、その雰囲気を肌で感じ、アルプスの山の風景からインスピレーションを受けたのだった。

全体として、このアニメはかなり原作に忠実だが、やむをえない変更点や、独自の解釈が加えられている箇所もある。たとえばペーターは、原作よりずっと感じよく描かれている。ハイジは「エルキュール」[20]という犬を飼っているし、ハイジとペーターが村の子どもたちとソリ遊びをするエピソードが追加されている。とくにクララのおばあさまには、新たに作った要素がいろいろと盛り込まれている。フランクフルトのゼーゼマン家のお屋敷に登場するとき、サーカスで借りてきた熊の着ぐるみで変装して、うなり声をあげて子どもたちを脅かそうとしたりするのだ。この個性的な老婦人はまるでメアリー・ポピンズのようで、手品をやってみせたり、グラスで演奏会をしたり、おてんば娘のように階段で遊んだり、使用人たちに仮装させて踊り回ったり、郊外の森にハイジとクララを連れ出して自然の中で息をつかせてやったりする。おばあさまは、ハイジを「魔法の国」に案内する。これは珍しい舶来《はくらい》の品々がいっぱい詰まった小部屋のことで、そこのコレクションのうち一つが、スイスから来た少女の目を釘づけにする。老人と子どもの姿を描いた一枚の絵。二人は家畜の群を連れて歩いているところで、背景には雪をかぶった山々がそびえている。

この風変りなご婦人がロッテンマイヤーさんと水と油であることは言うまでもないが、以上のような人物像は、いい人だという点を除けば、シュピーリが描いた敬虔なキリスト教徒のおばあさまともまったく別物になっている。

日本のアニメのハイジは、おばあさまから字の読み方を教わるところまでは原作と同じだが――お祈りを教わったりはしない。

アニメ化された『ハイジ』の後半では、クララがストーリーの中心に置かれるが、そのこととの兼ね合いで原作からの大きな変更点がいろいろと生じている。その最たるものが、ロッテンマイヤーさんがハイジについてアルムの山にやって来るという展開だろう。いつもピリピリしている口うるさい家庭教師のおばさんが、全然なじみのない環境にいきなり投げ込まれるというシチュエーションは、脚本を書く側にとっては大変おいしい設定である。さらに、ヤギ飼いペーターは、歩けない少女クララに対して腹を立てたり、嫉妬したりはしないことになっている。まったく逆に、クララを快く迎え、何かにつけてハイジと力を合わせて助けてあげるのだ。当然ながら、嫉妬に狂ったペーターがクララの車いすを壊してしまうエピソードはなくなっている。あらゆる暴力が、象徴的な暴力でさえ、アニメ版のストーリーからは削除されているのだ。

クララが歩けるようになる話に、アニメではかなりの話数が費やされている。歩けるようになる最初のきっかけは「ショック療法」。つまり、近寄ってきた牛に怯え、クララは思わず立ち上がるのだ。それに続いて、アルムおんじ、ハイジ、ペーターという「山の三人組」がリハビリ支援を繰り広げるのを、私たちは目撃することになる。フランクフルトから来た少女の喜びや悲しみ、疑いや不安を、みんなが共有する。クララは納屋にしまってあった車いすを取りにいくが、つまずいて転び、車いすをつかんだ拍子に、いすが動き出して斜面を転がり落ち、壊れてしまう。ラガーツ温泉に滞在していたクララのお父さんゼーゼマン氏とおばあさまが山に来て、この子がまた歩けるようになったのを知る場面で、感動がクライマックスに達する。

アニメは、季節の移り変わりを描いた美しい映像で幕を閉じる。おまけで、クララが家に帰って歓迎され、ちょっとした理学療法を行う場面がついてくる。フランクフルトの邸宅で、急にやさしくなったロッテンマイヤーさんが、少女が階段を上り下りするのを手伝っている。

暴力の要素は消され、祈りの要素は減らされ、ただただ善意と生きる喜びだけが描かれる。シュピーリの精神とメッセージは、やや薄められてはいるが結局は伝わっていると言えるだろう。

日本人と自然

日本でハイジ神話が大人気である理由については、何通りかの説明が考えられる。日本人は自然を恐れると同時に敬っている。この国でも自然はときに猛威をふるい、大きな破壊をもたらすことがあるからだ。神道の伝統では自然の中に神がいるとされ、お寺はわざわざ美しい場所を選んで建てられている。その一方、日本人は何とかして自然を飼い馴らそうとしてきた。その過程で、自然はいわば昇華されたものになった。その典型例として、禅の教えを反映した日本庭園、砂利と岩が繊細な模様を描いている石庭、きわめて洗練されたフラワーアレンジメントである生け花、大きくならないようにあえて枝を切り落としたりワイヤーで固定したりした小さな木を育てる盆栽などが挙げられる。

ミシェル・トゥルニエは、小説『メテオール（気象）』（一九七五）の中で、こうした現象をみごとに言い表している。

台風と、地震……。ぼくはこの天地の痙攣と日本の作庭術との間に、ある関係を見ないではいられない。作庭術は天と地という二つの外界を、微に入り細に入るやり方で結びつける［…］[69]
風景が小さければ小さいほど、ますます強力な霊力が手に入る。悪は遠ざけられ、永遠の若さが細かい葉むらに宿る。[70]

『ハイジ』では、山々が本当の意味で恐ろしい姿を見せることはない。山は友好的で、幸せや美や健康の源で、崇高な神々しさが具現化したものである。日本人は――スイス人の価値観からしても重要な――秩序と清潔さを金科玉条としている。そういえば、何でも整理整頓してきれいに磨きあげるハイジは、完璧な「小さな主婦」だった。それに、そもそも日本人にとって子どもの世界は楽園にほかならない。この国では、大人の世界はつらく厳しく、仕事と規律に関しては冗談が通じない。だから日本人にとって子どもの世界は避難所のようなもので、たとえば日本人女性は小さな女の子のような格好を平気でする。「かわいい」ものなら何でもすごく魅力があると見なされる。ロボット化とバーチャル化が進行した社会では、自然回帰が強く求められる――『ハイジ』は、そんな人々のために書かれたような物語なのだ。(71)

3 映画化されたハイジ

ハイジの物語が出版業界で味わった改変の数々がいかに驚くべきものであろうと、この物語が映画業界で味わったことに比べたら、まだ生やさしいものに思える。映画では、原作を改変することは一般に広く行われ、別におかしいこととも見なされないからだ。シュピーリのベストセラー小説『ハイジ』をめぐっては、今日までに少なくとも十数本の映画化バージョンが封切られている。

アメリカ映画『ハイジ』

最初の映画化は一九二〇年、カナダの映画監督フレデリック・A・トンプソン（一八六九―一九二五）の手で行われるが、あまり有名ではない。ハイジ映画の歴史が本格的に始まるのは、一九三七年のアラン・ドワン監督作品からだ。「オランダの木靴を履いたシャーリー・テンプルが、チロル風のおじいさんとボール紙製の張りぼての山の前で踊るこの映画は、ほとんど自己パロディの域に達している」(72)と、スイスの映画史家エルヴェ・デュモンは皮肉な口調で述べている。この映画はシュピーリの原作とは別物になっていると批判したのは、しかしデュモン一人ではなかった。

なぜそんなに批判されたか。それについては、脚本がすべてを語っている。映画の舞台はスイスではなくドイツ、厳密には南シュヴァルツヴァルトだ！(73)　おじいさんはハリウッド映画のモーゼみたいな風貌で、ハイジにメルヘンを語り聞かせ、字を教え、教会に連れて行き、あっというまに村人たちと和解する。八歳になったハイジがデーテに誘拐されてフランクフルトに来ると、ロッテンマイヤーさんはゼーゼマン氏の妻の座を狙っている。ちなみにロッテンマイヤーさんを怖がらせるのはネコではなく本物のサルだ。ハイジに励まされて歩行訓練をしたクララは、クリスマスに歩けるようになる。ハイジを連れ戻すため、おじいさんは徒歩で（！）フランクフルトにやって来る。しかし道行く子どもたちに片っぱしから話しかけ、手当たり次第に家の戸をノックしたので、逮捕されて牢屋に入れられる。そこから脱走したところ、ロッテンマイヤーさんがハイジを厄介払いするために「ジプシー」に売ろうとしている場面に出くわす。ハイジを取り返したおじいさんは誘拐犯に間違われて騎馬警官に追われ、盗んだソリで走りだす。西部劇のようなシーンだ。おじいさんは再び逮捕され、ハイジはロッテンマイヤーさんの手に返されそうになるが、抵抗したハイジがゼーゼマン氏の名前を出したことで、事情が明らかになる。次のシーンで、場面はもうアルムの山に移る。フランクフルトの一行が訪ねてきており、健康そのもののクララが仔ヤギのように元気に跳ね回っている。あの原作からこれを思いつくとは、大した想像力だ……。

スイス映画『ハイジ』

ルイジ・コメンチーニ監督の一九五二年のスイス映画も、原作からは相当かけ離れている。おじいさんは、原作のアルムおんじとは全然違う過去を背負っている。村を焼いた大火事の原因をなすりつけられたのだ。しかも彼の息子（ハイジの父）はこの火事で命を落とす。アラン・ドワン監督の映画と同様、ハイジがデーテにフランクフルトに連れて行かれる過程は、文字どおりの誘拐だ。さらに驚いたことに、クララが歩けるようになるのはアルムの山の健康にいい空気のおかげではなく、フランクフルトの自宅の馬小屋で、馬をよく見ようとして身を伸ばしたのがきっかけだ。

クララが立つ場面は、小説『ハイジ』の根本的テーマに関わる重要なポイントなのだが、この映画では設定と意味づけがすっかり変えられている。そこまで変えなければならないほど問題のある場面だろうか？

コメンチーニ版では、ペーターにおばあさんはいない。シュピーリの原作であれほど重要だった母親代わりの人物が消されているのだ。宗教的な要素もほとんど削除されており、デルフリの牧師の物腰はアメリカのバスケットボール選手を髣髴とさせる。ゼーゼマン家の幽霊騒動のシーンは、屋敷中を徘徊しているのがハイジだとすぐ判明するので、緊張感に欠ける。それでも、少女ハイジを演じるエルスベート・ジークムントの演技はすばらしいし、彼女がフランクフルトの大聖堂の塔に登るシーンは名場面として語り継がれている。苦労して高いところに登ったらアルプスの山々が見えると期待したのに、家々の屋根しか見えず、落胆に沈む場面だ。

スイス映画『ハイジとペーター』

一九五四年、再びエルスベート・ジークムントが出演した続編『ハイジとペーター』がフランツ・シュナイダー監督により制作された。これは『ハイジ』第二部の映画化ということになっているが、脚本はまたしても原作とはかけ離れている。クララは病気が再発しているが、どうしてもアルムの山に行きたがる。スイス旅行にはクララのおばあさまとロッテンマイヤーさんも同行する。ロッテンマイヤーさんは山で散々な目に遭う。クララは、過保護なロッテンマイヤーさんの反対を押し切って、なるべく車いすを使わない生活を始める。クララに嫉妬したペーターは車いすを崖から落とすが――よくやったとおじいさんに褒められる！　大嵐が起こり、村は洪水に襲われる。クララはパニックに陥って森の中に逃げる。ゼーゼマン氏はラガーツ温泉で慈善イベントを開催し、村の復興資金を集める。最後は万事うまくいく。ロッテンマイヤーさんには恋人ができたことが分かり、ハイジに読み書きを習って将来の夢ができたペーターの学費はゼーゼマン氏が負担してくれることになる。

スイス映画『ハイジ』には，おさげ髪のハイジが登場する
（多田昭彦画）

エルヴェ・デュモンは――そもそもハイジ的な世界があまり好きではないようだが――この映画を手厳しく批判している。これは商業主義に対する「芸術の全面降伏」であり、「四色刷りの絵ハガキの風景」(74)をゼーゼマン家の人々が「手放しで礼賛する」(75)話で、そこではアルプスの山の自然児ハイジが「おしとやかな小さなご婦人」(76)に変えられてしまっているとデュモンは言う。この批判はやや厳しすぎるようにも思う。この映画はたしかに原作に忠実ではないが、それでも誠実に作られている面はあるし、すばらしい風景の中で撮影されたスケールの大きい映画には違いないからだ。ちなみに、デュモンの非難はシュピーリ自身にも向けられており、その原作小説は「ステレオタイプ的でメロドラマ的な感傷性」(77)の産物と断罪されている。

いずれにせよ、『ハイジ』はこうして翻訳され、また新たに翻訳され、翻案され、拡張され、続編を追加されてきた。今日では、どこかの誰かが「『ハイジ』を知っている」と言ったとして、その人がどのバージョンで読んだり見たりしたのか分からない、という事態が現出している。それだけに、読者や視聴者の側に重大な誤解が発生する余地も生まれている。本当の原作者が本のカバーに記載されていないだけでなく、たいていの読者の記憶からもすっかり消えてしまっているのも、無理はないと言えるだろう。

*

第五章　『ハイジ』だけじゃない

――ヨハンナ・シュピーリの文学世界――

Pas seulement Heidi

1　おすすめシュピーリ作品

ヨハンナ・シュピーリがもっぱら『ハイジ』二部作で知られているのは間違いないが、しかし彼女には他にも多くの作品がある。前にも述べたように、彼女は約五〇の作品を書いた。子ども向けの作品が多いが、大人向けの作品もないわけではない。本書の中でも、ここまで何度か必要に応じてシュピーリの他の作品を参照してきた。しかし、一人の作家がたった一冊の本しか書いていないかのように思われていることは、よくあるものだ。その一冊が圧倒的に優れているから、あるいは他の作品は似たりよったりだから、といった理由で。やや無理を承知で比較するなら、セルバンテス。スペイン文学の専門家でもなければ、『ドン・キホーテ』以外のセルバンテス作品を知っている人がいるだろうか（ちなみに『ドン・キホーテ』も第一部と第二部からなり、別人の手になる続編をめぐって贋作《がんさく》騒動が起きたりもした……）。ともあれ、話が横道に逸れると困るので、ラ・マンチャの荒野に足を踏み入れるのはやめて、アルプスの山に戻ることにしよう。

シュピーリの名前を知っている人のうちで、『ハイジ』以外のシュピーリ作品を読んだことのある人はどのくらいいるだろうか？　『ハイジ』自体や、あまり原作に忠実でない続編は読んだことがあっても、他のシュピーリ作品には触れる機会が少なかったのではないか。しかし、彼女の本は――大ベストセラーの『ハイジ』ほどの成功は収めなかったにせよ――作者について多くを語っているし、比較してみると面白いので、それだけでも紐解いてみる価値はある。

『シルス湖とガルダ湖のほとりで』

ここでは、そんなシュピーリの傑作の一つ、一八七八年の『故郷を失って』に収録されている『シルス湖とガルダ湖のほとりで』を少し詳しく見てみたい。これは、ちょうど『ハイジ』の舞台をイタリアに移したような物語だと言える。主人公は少女ではなく、リコという名前の少年だ。父はイタリアからの移民で、母はグラウビュンデン州出身。しかしハイジ（に限らず、多くのシュピーリ作品の登場人物）と同様、まもなく孤児になる。母は早くに亡くなり、父はスイスのとある建築現場で事故死する。シュピーリという作家は社会的な意識が欠けていると批判されることが多いが、こういう設定を見れば、実際にはシュピーリがちゃんと社会に目を向けていたことが分かる。

物語はエンガディン地方のシルス＝マリアで始まる。しかしリコ少年は、かつて暮らしていた北イタリアのガルダ湖のほとりを懐かしんでいる。ここでもホームシックのモチーフが出てくるわけだが、懐かしい故郷として位置づけられているのはスイスの山ではなく、陽光あふれる南の国だ。薄紫色の地平線、黄金色の光、温暖な気候。ハイジがフランクフルトでアルプスの山に対して抱いたのと同じくらい強烈な郷愁を、リコはイタリアの風景に対して抱く。

「あそこじゃ、こんなトゲトゲした葉の黒いモミの木は生えてない。木の葉はキラキラ黄緑色で、大きな赤い花が咲いてるんだ。山はこんなに高くないし、黒くもないし、こちらに迫ってくるみたいでもない。遠くの山並みが紫色に染まって見えるだけで、空と湖はどこもかしこも金色に輝いて、何もかも静かで暖かいんだ。風が吹きすさぶことはないし、足が雪に埋もれることもない。いつでも日向《ひなた》に腰を下ろして、景色を眺めることができるんだ」(21)

シュピーリはよくイタリアに旅行したが、この独特の生命力にあふれる地をいつも愛していた。年下の友人へトヴィヒ・カッペラーに宛てた一八八三年一二月三一日の手紙で、シュピーリはイタリアを次のような言葉で描写している。「暖かく、明るく、光に満ちて、風はなく、霧もなく、寒さもない［…］。イタリアは神に祝福された土地です」。

＊

イタリアは、一八八九年の短編『イントラの仙女』にも出てくる（これもトリッテンが利用した作品だ）。退職した使用人の娘で体の弱い少女レンツェリは、とある男爵に引き取られてアルプスを越え、イタリアのお屋敷に移る。そしてイタリアの風土のおかげで生命力と健康を取り戻す。おとぎ話に出てくる仙女のように、レンツェリは周囲の人々を幸せにし、貧しい人々を助ける。この小説の場合、健康にいいのはスイス・アルプスではなくイタリアなのだ！

＊

父の死後、九歳のリコは、従姉《いとこ》に虐待される嫌な家から逃げ出すべく、スイスを離れることを決意する。リコがめざすのは、山の彼方にあるという南の国だ。リコは音楽の才能に恵まれている。作者シュピーリの息子のことを思わせる設定だ。音楽の才能のおかげで、リコは行く先々で引く手あまたで、旅費として十分なお金を稼ぐことができる。

リコはガルダ湖にたどり着き、子ども時代に過ごした場所を再発見する。過去のイメージが呼び覚まされ、次々と心に浮かんでくる――まさしくプルースト的な「無意志的記憶」のシーンだ。少し長めに引用してみる価値があるだろう。

曲がり角まで来ました。そこでリコは立ち止まり、夢をみているような気分で、身動き一つできなくなりました。目の前に、夏の日射《ひざ》しの中で、空のように青い湖がキラキラと輝いています。岸辺は暖かそうで、ひっそりしています。対岸には山々が重なり、中央には日のあたる入り江があります。その周囲に集まった家々が、優しい光を反射させてきています。この場所は知っている、見覚えがある。たった今、立ち止まったこの場所。間違いない、この木々を知っている。家はどこだろう？　すぐ近くにあるはずだ。すぐそこに。いや、もうなくなっている。

けれども、下の方に古い道路がありました。ああ、よく知っている道だ。あそこの緑の草の上に赤い花が咲き乱れている。あのへんに、細い石の橋が架かっているはずだ。湖から川が流れ出ているところに。何度も渡ったことのある橋。ここからは見えない。突然、リコは走りだしました。焼けつくような憧れに背中を押されて。道路めがけて、それからその先へと。そこに小さな橋が——思ったとおり——ありました。この橋を渡ったことがある。誰かに手を引かれて。母さんだ。いきなり、リコの目の前に母さんの顔がはっきり浮かびました。何年もずっと忘れていたのに。あのとき、母さんはすぐそばに立ち、愛情のこもった目で見つめてくれていたのでした。（59–60）

ハイジの場合は、こういったプルースト的な記憶のよみがえりは体験しない。一歳で母と死別したハイジにとっては、母の面影を求めて過去への旅を企てる余地などはないのだ。前に確認したように、母を慕って泣くハイジ、というのは続編作者トリッテンによるあとづけの創作でしかない。フランクフルトで夢遊病の形をとって発現する、ハイジが抱く山への憧れは、いわば対人関係をも含んでいる。この場合の山は単なる場所ではなく、アルムおんじやペーターのおばあさんなど、ハイジが愛する人たちの象徴でもあるのだ。ハイジの願いは実現可能な願いだ。山

『シルス湖とガルダ湖のほとりで』より（フレデリック・リチャードソン画）

（出典） Johanna Spyri, *Heimatlos. Two stories for children, and for those who love children*, Boston et al., Ginn and Company, 1912, p. 34.

はまだそこにあるし、愛する人たちもまだ生きているのだから。

リコの場合はまた事情が異なる。この少年は、すでに失われたものを、自分の記憶と感情だけを手がかりに再構築しなければならない。おまけに、自力で新しい生活を切り開かなければならないのだ。

リコはとある宿屋の女将《おかみ》にバイオリン弾き兼召使いとして雇われ、そこでもう一人の重要人物、メノッティ夫人と出会う。夫人の息子シルヴィオは重度の障害を抱えていた。シュピーリ作品には必ずと言ってよいほど障害を抱えた人物が出てくる。シルヴィオは、フランクフルトのおとなしい少女クララほど感じのいい人物ではなく、わがままで気まぐれな少年だ。少しでも独りで放っておかれると怒りだす。彼はリコとそのバイオリンにすっかり惚れ込み、絶対に手放すまいとする。リコから幼なじみの少女シュティネリ（いつも朗らかで、くるくるとよく動き、大人びていて、家事が大好きな、ハイジのクローンみたいな人物）の話を聞いたシルヴィオは、その子をすぐ連れてきてとせがむ。牧師のはからいでリコのスイス旅行が実現し、シュティネリが連れてこられ、みんな喜ぶ。

しかし、メノッティ夫人は良心に疚《やま》しいところがあった。夫人がシュティネリに語った話によると、亡き夫の友人が外国に行って不在のあいだ、留守宅の管理を任されていたが、その人がとうとう戻らなかったので、鉄道が建設されたときにメノッティ氏は家と土地を売ってしまった。この取引で大もうけし、メノッティ家は人もうらやむ富豪になる。それでこんな立派なお屋敷を建てることができたのだ。夫の死後、メノッティ夫人は障害のある息子と二人で暮らし、息子の障害を、不当に得た所得への罰だと思っている。リコと言葉を交わすうち、唐突に、亡き夫の友人とはリコの父親にほかならないことが判明する。

つまり、シュピーリの小説ではめったに表に出てこないテクノロジーの進歩が、みなしごの少年の家を取り壊させ、過去の痕跡を消し去ってしまったのだ。

ともあれ、今やすべてが明らかになり、すべてが水に流される。リコの父の家と土地を売ったお金で買ったものだからと、リコこそが家の正当な所有者だと認められる。リコは、今ではもう母親代わりのようになっているメノッティ夫人に引き続きこの家に住んでもらい、もちろんシュティネリと結婚する——慈悲深い奇跡を起こしてくださった神さまに感謝。またしてもモリエールの喜劇ばりの急転直下のハッピーエンドだ！

リコ少年は読者の共感を呼ぶ。シュピーリの創作した人物のうちでも成功例に入るし、ロマン主義的な子ども像の典型だとも言えるだろう。不幸せな身の上（孤児）で、暴力の犠牲者（虐待された子ども）でありながら、天使のよう（優しく親切）で、勤勉（自分の道を自分で切り開き、大人のように生計を立てる）。最終的に救われ、自分の家庭を築き、愛と幸せを手に入れるあたり、いかにも典型的だ。

驚かされるのは、スイスのイメージが『ハイジ』の場合とは逆になっていることだ。作中にはたしかに美しいアルプスの風景が描かれてはいるが、本当に美しいのはあくまでイタリアとされている。イタリア人は、お酒と歌が好きな陽気な人々として描かれている（やや騒がしすぎるかもしれない。少し「スイス化」しているリコにとって、彼らの大騒ぎは少し疲れる……）。対するスイス人は、イタリア人の目から見て「恐ろしく野蛮な民族」（80）だと言われる。そんな片田舎の「野蛮な山地」（90）に、黒いモミの木が生えた寂しい谷間にリコを行かせるなんて、とメノッティ夫人は反対するのだ！

それでは、この作品では『ハイジ』が完全に逆さまになっているのだろうか？　そうではない。要は視点の問題なのだ。たとえばロッテンマイヤーさんの目にハイジが紛れもなく「野蛮人」に見えていたことを思い出そう。

少女シュティネリは、献身と思いやり、清潔さといったスイス的美徳でもって、このネガティブなスイス像を打ち消す。なお、その美徳には教育能力も含まれる。シュティネリは子どもたちと、とくにシルヴィオとどうすれば上手に話せるか熟知しているのだ。そしてもう一人、スイス的美徳を体現した人物がこの作品には登場する。おばあさんだ。シュピーリ作品の常として、おばあさんは善の象徴なのだが、ここでも優しく信心深い人物として描かれている。おばあさんはシルスに居残り、いつもお祈りを欠かさず神さまに身を委ねなさいと子どもたちに説く。最終的にこの役目はシュティネリに引き継がれる。この本は、他のシュピーリ作品でもよくあるように、神の慈悲への賛美と祈りのすすめをもって幕を閉じる。

『ヒンターヴァルトで』

これとは別に、嫌な感じのスイス像が描かれている例として、一八八九年の『スイスの山々から』所収の『ヒンターヴァルトで』を見てみたい（これもトリッテンが利用した作品）。表題にあるヒンターヴァルト村はごく陰気な山村で、住民は薄汚れたボロボロの格好でうろついている。この村では態度の悪い生徒は「独房」に閉じ込められる！美しいアルプスの楽園とは正反対の場所だ。

だが、忘れてはならない。スイスという国は、理想化される以前は、野蛮人が住み、狼男やら翼のある竜やらが徘徊する地と思われていたのだ。ベルンの牧師ヨハン・ゲオルク・アルトマンが編んだ『スイス風土記』（一七三〇）を読めば、その事情がよく分かる。外国人がイメージしている恐ろしいスイスの像を一通り記述してから、アルトマンは自分の国を擁護しようとする。

「外国人は［…］我々の祖国をまったく知らないか、何か聞いたことがあるとしてもスイス人について身の毛のよだつ荒唐無稽《こうとうむけい》な話を聞かされているか、どちらかである。この国は、めったに日の光が射さない、オオカミやクマがうろつく無人の荒野と思われていたり――巨大な山々が連なり、険しい不毛の岩山が雲間に達し、次々と現れる断崖絶壁に足がすくむ国と思われていたり――住民といえば無知蒙昧《もうまい》で粗野で不格好で、外見は野蛮人とあまり変わらず、健全な人間の知能をもたない愚鈍な牧人どもしかいない国と思われていたりする」。

[…]

スイス人といえば半人半獣で、角や蹄《ひづめ》があり、猛獣どもと山野をさまよい、動物とつるみ、木の根や草の根を食《は》んでいる連中だと今日なお思っている大多数のフランス人の誤解を解くのは、一苦労である。(78)

おそらくシュピーリは、こうしたステレオタイプや伝説の数々を知っていた。そのうえで、それらを換骨奪胎し、同じものの別の側面を示し、新しいものの見方を読者に教えるのだ。

『カンダーグルントのトーニ』

文字どおりの意味で『ハイジ』のプラスとマイナスを逆転させた例が、一八八二年の『短編集』に収録された『カンダーグルントのトーニ』だ。主人公の少年トーニは、山の牧場で牛飼いをして生計を立てている。しかし彼は山を怖がり、しまいに病気になってしまう！

高い山々はとても黒く恐ろしげで、危害を加えてやるぞと言わんばかりに迫ってくるのでした。[…] いきなり恐ろしい雷鳴が響き、バリバリと山々に反響するので、倍の数の雷が落ちたかのようです。[…] 稲妻が走ると、巨大な影が不気味に黒く浮かび上がります。幽霊のように近づいてこようとして、ますます恐い顔になってこちらを見下ろしています。(128)

その結果、トーニは手足が麻痺して口が利けなくなり、ベルンの専門医の治療を受けることになる。

同じ作者シュピーリが『ハイジ』ではアルプスの山をあたかも万能薬であるかのように描いていたことを鑑みれば、トーニの物語は驚くべきものだ。二つの物語の矛盾のように見えるものは、しかし何通りかの説明が可能だ。

『ジーナ』より（R. ペッツェルベルガー画）
主人公ジーナは医学を志し，大学入学を決める．
（出典） Johanna Spyri, *Sina. Eine Erzählung für junge Mädchen*, 3. Aufl., Stuttgart, Krabbe, 1886, S. 59.

文学的なレベルで言うと、ヨハンナ・シュピーリは作家の名に値する作家として、同じものの別の見方をさせる能力、作品ごとに違った人物、違った意図に合わせて、ものの見え方に変化をつける能力があることを証明したというだけのことだ。あるいは、トーニがたどる運命は、アルトマンが巧みに言い表したような、偏見に満ちた「野蛮」なスイス像を取り上げたものと見なすことができる。個人的なレベルで言うと、シュピーリは自らの悩める魂を、アルプスの峻《しゅん》嶮《けん》な地形——ロマン主義者たちが好んだ題材——に投影して表現してみせたのだ。自然は神の似姿として創造されたのだから、もちろん自然は全知全能で、ときには怒り、畏敬の念と服従を要求することもある。

『ジーナ』

『ハイジ』第二部の三年後に書かれた長編『ジーナ』（一八八四）も、他に類を見ない作品だ。シュピーリのおなじみのテーマ、こだわりのテーマがこの作品にも顔を出すが、主人公ジーナは子どもではなく若い女性、自立心が旺盛で野心的な人物として設定されている。ジーナは大学に行って医学を学びたいと思い、恋愛や結婚を否定するのだ。女性が職業をもつと「家の中では何もかもごったがえして」しまうからと、医師になることに反対するおばあさんに向かって、ジーナは次のように反論する。

　自分の家庭を持ちたいなんて全然思わない。私の柄《がら》じゃないのよ、おばあさん。それに、何もせずただ待っているだけで、誰か他の人がやって来て私のために人生の道を開いてくるのを期待するなんてことも、願い下げだわ。自分の道は自分で切り開きたいの。［…］誰か一人の人間に縛られて、鎖でつながれるのには耐えられない。自分の人生なんだから、もっとましなものであってほしいの。私は自分で決めた道を歩きだすし、その道を歩きつづける。私は本気だし、この願いがかなったら他には何もいらない。（53-54）

なんと、シュピーリ作品の主人公が女性解放を主張している！　フェミニストだと言っていいくらいではないか。カミーユ・ヴィダールが喜びそうだ。しかし、慌てずに続きを読んでみよう。大学に入ったジーナは、教授陣の一人、クレメンティ医師に恋をする。彼は頭がよく、思いやりの深い人物だ。いろいろ驚くような展開があったあげく、偶然の助けもあって、クレメンティ医師はジーナに結婚を申し込む。つまり、ジーナ自身は医師になるのを諦《あきら》めるのだ。

ジーナは大学町に向かう途中，旅の道連れになった医師に恋をする
（出典）　Ebd., S. 71.

この本の中には、クレメンティ医師と甥のモーリッツ（やはりジーナに恋をしている青年）が論争を交わす、興味深い場面がある。モーリッツ青年は、女性にも家庭を守る以外の可能性があっていいはずだと考えている。対する叔父は、女性は家庭生活に向いており、温かい家庭を築くかけがえのない才能をもっているのだと、長々と弁舌をふるう。もし女性が自分の才能を生かそうと思ったら、医師ではなく看護師になるべきだと。「男の方が女よりずっと優れた能力を発揮すると分かりきっている職業を、なぜ選ぶのだ？」（126）とクレメンティ医師は、恋敵でもある甥に向かって、やや傲慢な口調で言い放つ。

こうして、自分の道を自分で切り開くことを夢みたジーナは、保守的な伝統的価値観に追いつかれる。これでは女性解放どころではない。そういえば最近、フランスのラジオ番組で、病院での過重労働というトピックとの関連で、こんな話を聴いた。今日なお、女の子に将来の夢を訊いてみたら、みんな医師や弁護士ではなく、小学校の先生や看護師さんになりたいと答えるのだという。これにはラジオ番組のパーソナリティの女性も唖然として、ノーコメントだった……。

2 登場人物とストーリーの特徴

シュピーリ作品の典型的なパターンをモデル化してみよう。シュピーリの小説は、たいていアルプスの風景の描写から始まる。シュピーリはことあるごとに自然の美しさを強調する。自然は人間の心と体を癒す（ときおり恐ろしい面を見せることもあるが）。花や果物が摘み取られる場面や、動物（とくにヤギ）の描写が、いたるところに出てくる。都会はめったに舞台にならない。町はたいてい通り過ぎるだけの場所だ。その点で、『ハイジ』のフランクフルトは例外だと言える。

映画の冒頭のように、風景を捉えていたカメラがゆっくりとズームインし、まず家が映り、それから家の住民が映る。たいていは素朴な山の民、貧しい人々だ。この世界では善悪がはっきり分かれている。善人はせっせと働き、正直に日々の糧《かて》を得ている（家の中が清潔で整理整頓されているのが重要なポイントだ）。悪人はやりたい放題で、お金に目がなく、嫉妬深く、怒りっぽい。それからカメラはおもむろに子どもたちに向く。子どもは、だいたい三つのグループに分類できる。いつも元気で朗らかで健康な子どもたち（ハイジ型）と、病弱で青白くて死にかけている子どもたちと、始末に負えない腕白小僧たち。

子どもは孤児であることが多い。母親は早くに亡くなり、父親は労災の犠牲になる。そういえば、ベッテルハイムが「母親か父親の死で始まる昔話は少なくない[79]」と言っているのは興味深い。あと、セギュール伯爵夫人の『ソフィーのいたずら』の少女ソフィーの身の上が思い浮かぶ。「四歳のとき、彼女はお母さんを船の事故で失いました。お父さんは再婚しましたが、まもなく亡くなりました[80]」。

＊

兄弟がアメリカに行ってしまっている例も多い。これは歴史的現実に合致している。ほかならぬヨハンナ・シュピーリの兄クリスティアンもブラジルに渡り、のちにアルゼンチンに移住した（自然科学者だった彼の移住は、政治的・科学的な理由からのもので、貧困が理由ではなかった）。

＊

そこで、不在の母親の代理を務めるのは、たいてい祖母か、それに相当する人物の役割となる。おばあさんはいつも優しく、とても信心深く、伝統の守り手で、とりわけキリスト教道徳を伝えようとする——神に祈りを捧げ、神を信頼することがいかに大切かを説く。神さまは私たちにとって何がいいことかをご存じで（私たちに試練を課すこともある）、私たちが心を開いて信仰をもちつづければ、最適なタイミングで私たちに手を差し伸べてくださる、という分かりやすいメッセージを発する存在なのだ。

これに関しては、一八九一年の『民衆文庫その二』に収録された短編『ゴルトハルデはどうなったか』に出てくるたとえ話（121-123）を見てみるのがいい。重い十字架を背負わされた男が、自分は不幸だと思っていた。天使がやって来て、十字架を交換させてやると言う。男は喜び、軽くて運びやすそうな十字架をいろいろと選んで試してみる。だが、この「モデルチェンジ」はうまくいかない。肉に喰い込んで痛いとか、そのつど何かしら問題が発生するのだ。最後に、やっと自分にぴったり合う十字架が見つかったと思ったら――それは自分が最初に担いでいたものだった！　こうして、その十字架こそ自分にふさわしいものだったと証明される。

シュピーリの書いた物語は、小説であろうと、たとえ話であろうと、物語の形で読者にキリスト教の信仰を教え、道徳的な教訓を与えるためのものだと言える。作中で聖職者（たいていは牧師）に重要な役割が与えられているのも頷《うなず》ける。彼らは人の話に耳を傾け、助言を与え、進むべき道を指し示してくれる存在なのだ。

教育問題

シュピーリは多くの作品で、恵まれない子どもに注意深いまなざしを注ぎながら、学校教育（スイス全国で義務教育が導入されたのは一八七四年）あるいは児童教育全般の役割の重要さを強調している。教育の恩恵を受けられない子どもたちに文学が目を向けるようになるには長い時間がかかったが、この当時、写実主義《リアリズム》と自然主義の文学的潮流のなかで、社会的に排除された人々が描かれるようになり、そうした描写は読者の心を揺り動かした。工業化にともなって新たに生み出された社会的現実・経済的現実が、それまでは水面下にとどまっていた社会問題への意識を呼び覚ましたのだ。

公衆衛生、犯罪予防、貧困対策などに対する新たな態度が、少しずつ形成されていった。さまざまな社会悪が研究の対象になった結果、その発生源は貧しい人々の子ども時代にあると認識されるようになった。膨大な数の孤児、捨て子、浮浪児が存在することに目が向けられた［…］[81]。理想と現実のギャップから、犠牲者としての子どものイメージが生まれた。殉教者的な子ども像はまたたくまに増殖し、当時のヨーロッパの国々の文学の本のページを埋め尽くした[82]。（強調は引用者）

「子ども崇拝」は、せいぜい二百年ほどの歴史しかない現象である。ルソーが近代的な子ども理解の先駆者であることは疑いないが、同じく一八世紀人であるヨハン・ハインリヒ・ペスタロッツィの業績も忘れてはならない。ペスタロッツィは、恵まれない子どものために全身全霊を尽くした偉大な教育学者であるだけでなく、優れた作家でもあった。彼は数多くの論文と、四部からなる小説『リーンハルトとゲルトルート』（一七八一―一七八七）を残している。この小説で、ペスタロッツィは自分の理論に具体な形を与えようとした。

　さらに前の時代に遡ると、ラブレーの『ガルガンチュワ物語』（一五三四）でも、主人公の子ども時代と教育が描かれている（王子という特殊な子どもの教育だが）。スペインの悪漢《ピカロ》小説にも触れておきたい。そこでは、悪辣な主人に仕えながら、抜け目なくしたたかに生き抜く子ども、というか少年たちがユーモラスかつ皮肉に描かれている。だがいずれにせよ、一九世紀に「子ども」に向けられた関心は比べものにならないほど大きい。シュピーリは明らかに、しばしば不幸な子どもを主人公に据えた教育小説を偏愛する、同時代の風潮に棹《さお》さしていた。不幸な子どもが置かれた状況への鋭敏な意識を、同時代人たちと共有していたのだ。たとえばディケンズの『デイヴィッド・コパフィールド』や『オリヴァー・トゥイスト』の主人公の少年たち、ヴィクトル・ユゴーの『レ・ミゼラブル』（一八六二）のガヴローシュやコゼット、バルザックの『ピエレット』（一八四〇）の主人公の少女（親戚のログロン姉弟に引き取られ、虐待される孤児）、エクトル・マロの『家なき子』（一八七八）の主人公レミ（旅芸人のおじいさんに売られる捨て子）……。ドイツ語圏から一例を挙げるなら、マリー・フォン・エーブナー＝エッシェンバッハの長編小説『村の子ども』（一八八七）。モラヴィア[21]の農村を舞台に、強盗殺人を犯した父親の罪のために苦しむ少年の物語だ。他にもいくらでも例を挙げることができるだろう。

教育というテーマは、悪い教育とは何かという議論を含み込んでいる。シュピーリ作品に出てくる子どもの多くが、殴られたり虐待されたり、厳しく権威主義的で愛のない教育に苦しんだりしている。ここで列挙した小説の主人公の子どもたちとの関連性は明らかにある。

セギュール夫人の『ソフィーのいたずら』の主人公と比べてみると面白い。甘やかされた、わがままな少女ソフィーは——無知または好奇心のせいで——動物たちに対してきわめて残酷な行為に及ぶ。この点で、動物たちを守ろうとするアルプスの少女ハイジの対極に位置すると言えるだろう。けれども、父親の再婚のせいで、ソフィーは犠牲者としての子どもの側に移る。恐ろしい残酷な継母《ままはは》に虐待されるのだ(83)。

長編『コルネリは教育される』（一八九〇）の主人公のケースは、シュピーリ作品の子ども像の特徴を典型的に示している。コルネリは金属工場主の娘だが、裕福な社会階層のハイジといった風情の少女で、「野蛮人」のレッテルを貼られている。父親の不在のあいだ、コルネリは従姉および知人の女性（二人ともヴィクトリア朝時代のイギリス小説から抜け出してきたようなサディスティックな人物）の手に預けられる。二人はコルネリを片時も休ませず、あの手この手で苦しめる。コルネリはあらゆることを禁止され、好きなものは全部取り上げられる。ことあるごとに罵倒され、身に覚えのない罪を着せられる。面と向かって不細工だと言われ、侮辱される。かつては朗らかで、のびのび育っていた少女は、すっかりいじけてしまう。

貧困との闘い

シュピーリ作品に登場する子どもたちは、親切な人に引き取られて幸せになることもあるが、そうでない場合も

『ゴルトハルデはどうなったか』より

（出典） Johanna Spyri, *Volksschriften*. Zweiter Band, Gotha, Perthes, 1891, zwischen S. 142 / 143.

ある。ごく小さな子どもたちが無慈悲な両親や主人に奴隷のように扱われる、という描写も少なくない。ここでもまた、ユゴーの『レ・ミゼラブル』の少女コゼットのことが思い浮かぶ。幼いコゼットは、育ての親テナルディエとその家族によって、都合のいい使用人としてこき使われている。ちなみに当時は、たった四歳で丁稚《でっち》奉公に出される子どもたちも大勢いた。

こうした描写を根拠に、シュピーリは社会問題や政治問題に真剣に取り組んでいたと言えるだろうか？　こうした問題に正面切って取り組んだディケンズ、ユゴー、ゾラといった作家たちと比較するなら、他の多くの作家たちの取り組みは、あくまで文学活動の内部に限定されたものだったと言わざるをえないように思われる。たとえばマリー・フォン・エーブナー＝エッシェンバッハは、社会的な不平等の問題に鋭い目を向け、その問題が素朴な人々の心理に与える影響を克明に描き出してはいるが、彼女が問題の解決手段として提示するのは、シュピーリの場合と同じく、ただ一つだけ。キリスト教的な隣人愛だ。

シュピーリ作品の登場人物のうちで最も明確に政治的な主張を行うのは、『ゴルトハルデはどうなったか』のトビだろう。トビは断固として社会的な不平等に立ち向かう。「一方には自分が必要としないものまで持っている連中がいて、もう一方には飢えて死んでいく人たちがいる。これは正しいことか？」(144) と彼は労働組合員よろしく叫ぶ。同志たちと集会を開き、いずれは国家を打ち負かすと意気軒高だ。彼が抱く革命への情熱は、しかし彼が恋する少女レージの運命論的な態度によって水をかけられる。レージは貧しい農家の娘で、ひどく搾取されているが、それでも粛々と自分の運命を受け容れている。そしてトビに向かって、神に身を委ね、神の力を信じなさいと説教するのだ。

このようなシュピーリ文学の傾向は、従来、感傷的で現実を見ていないと批判される原因になってきた。けれども、文学作品はときに事実の報告よりも強く読者の心を揺さぶることがある、という事実を忘れてはならない。ユゴーやゾラやディケンズを読んで、その作品中に登場する子どもたちが味わう不当な仕打ちに腹を立てないのは難しい。それと同じ意味で、シュピーリ作品の子どもに心を動かされる人がいたとして、おかしいことは何もないのではないか？ 芸術作品は、不平等や暴力を描き出すことによって、現実に行動するよりも強い力を発揮することがある。武力による紛争解決を批判するための手段として、ピカソの『ゲルニカ』やゴヤの『戦争の惨禍』よりも説得力のあるものがあるだろうか？

もちろん、ここまで読んできた読者にはもうお分かりだろう。シュピーリは左翼作家ではないし、戦闘的なフェミニストでもなかった。けれども、彼女が（老若男女を問わず）人間の尊厳を断固として守ろうとしたことに疑問の余地はない。女性といえば、女性の生命力や自己犠牲の精神をシュピーリほど印象的に描き出した作家は、他にめったにいない。シュピーリ作品に出てくる子どもたちと同様、女性たちもまた、暴力や虐待によってくじけることがない。

そのことは、「J・S」名義で匿名出版したデビュー作『フローニの墓に捧げる一葉』の主人公フローニにも当てはまる。フローニはアルコール中毒の夫からひどい暴力を受け、しかも夫の遊興費を稼ぐよう強制されている。彼女が救いを求めた牧師がしてくれるのは、もっとよく聖書を読みなさい、という助言だけだ。結局、彼女は夫の暴力がもとで病気になって死ぬ。

それ以外にも、まるでシンデレラのように、颯爽《さっそう》と登場した白馬の王子さまによって不幸な境遇から救い出される若い娘たちがいる。男爵に引き取られて貧しい境遇から抜け出す、『イントラの仙女』のレンツェリがその一例だ。

隣人愛に生きる女性たち

シュピーリ作品は人間の不幸と苦しみのオンパレードだが、救いも用意されている。たいていの場合、それはキリスト教的な隣人愛だ。シュピーリは、キリスト教的な隣人愛を体現するものとして、看護師という職業を描いている。シュピーリの考えでは看護師こそ、女性が自らのキリスト教的な資質をあますところなく発揮し、素直で責任感のある人格を育てるための最善の道なのだ。その意味で理想的な存在が、「ディアコニッセ」（共同生活を行い、病人看護や囚人慰問などの社会活動・慈善活動に身を捧げるプロテスタントの女性たち）である。シュピーリが最初の四作品をディアコニッセの女性たちのための募金活動の一環として書いたのは、偶然ではない。

狂気と子ども

もう一種類、シュピーリ作品によく出てくるタイプとしては、「村の阿呆」たちが挙げられる。彼らは多くの作品に登場するが、どんな運命をたどるかは場合によって異なる。たとえば短編『ティースは何かになる』（一八八六）の主人公の少年ティースは、養子になった家で虐待を受け、怯えきって、ほとんど口が利けなくなっている。近隣に住む農夫が温かく見守ってくれたおかげで、少年は、アンデルセンのメルヘン『みにくいアヒルの子』の主人公のように劇的な変身を遂げる。短編『みんなに慰めを』（一八九〇）では、主人公の少女エヴェリの級友ベニが身体に障害を抱えた少年で、村中でいじめられている。学校に通えないベニに、エヴェリは自分が学校で習ったことを全部教えてあげ、おかげでベニは元気になる。

とりわけ目を引く描写が、『ヴィーゼリの道はどうして見つかるか』（一八七八）の中にある。そこでは草地のヨギ、「哀れな狂人」と呼ばれる男が、暴行を働いたという冤罪《えんざい》を着せられる。ヨギの行動の描写は、まるで精神科の医師のカルテのようだ。「ヨギは部屋の隅に立ち、拳《こぶし》を固く握りしめ、小さな声で笑いつづけていました」（201）。「するとヨギは恐ろしい悲鳴をあげ、泣き叫びはじめました。自分が死刑になると思ったからです」(205)。「ヨギは恐怖のうなり声を発し、まるで穴にもぐり込もうとするかのように、部屋の片隅にうずくまりました」(224)。おそらくシュピーリは、自分の父親がヒルツェルの診療所で治療していた精神疾患の患者たちを、よく観察したことがあったのだろう。

フィリップ・アリエスとミシェル・フーコーの説[84]に依拠しつつ、狂気と子どものイメージの関連性をマリナ・ベトレンファルヴァイは指摘している。そのことからして、シュピーリ文学において「狂人」たちと子どもたちが重ね合されている理由は、容易に推測できるだろう。この二つのグループは、いずれも社会から排除されたり暴力の被害者になったりしやすい存在として、よく似た運命を歩んだ。一九世紀においては、精神疾患の患者たちは精神病院に収容されて隔離され、子どもたちは学校に収容されて鉄の規律を課されることになった。それ以前には、この二つのグループに属する個々人は、「理性をもたない[85]」存在だからといって公共の秩序に対する脅威と見なされることもなく、社会に溶け込んでいたのだった。

死の影

ともあれ、こと児童書というジャンルについて考えると、いくつか疑問が浮かぶ。子どもたちは、人生の暗い側面が重要な役割を果たす物語を読んで理解できるほど成熟しているだろうか？　死というテーマが偏執的なまでに繰り返されたり、病気や死にかけの子どもや大人の描写が多かったりする本は、子どもの読者に忌避されるのではないか？　その惧《おそ》れはたしかにあるが、しかし、メルヘンや伝説などにも死や老いなど、人生のつらい現実を直視させるテーマがよく出てくることを忘れないようにしたい。

ちなみに、以上で浮き彫りにしたような特徴は、ロマン主義的な子ども像に多くの点で合致する。同じことが、

『クロメリンとカペラ』より

（出典） Johanna Spyri, *Keines zu klein, Helfer zu sein. Geschichten für Kinder und auch für Solche, welche die Kinder lieb haben*, Gotha, Perthes, 1890, Zwischen, S. 208 / 209.

『大岩』より

（出典） *Kurze Geschichten*, Zweiter Band, a. a. O.（150頁参照）, Zwischen, S. 188 / 189.

ユゴーやゾラ、シャトーブリアンやラマルティヌ、ディケンズなどの一九世紀作家たちの文学についても言えるだろう。彼らの描いた子どもの姿は、天使のような子ども、殉教者としての子ども、抜け目のない子ども――そのどれかにはたいてい当てはまる。シュピーリの『シルス湖とガルダ湖のほとりで』の少年リコが、まさにロマン主義的な子ども像の典型だと言える。

　ここで名前を挙げた作家たちの作品は、今日では子ども向けの本と見なされている。しかし、書いた本人はそれを児童書とは見なしていなかったし、むしろ大人の読者を想定し、読者の社会的な良心を目覚めさせることを自らの著作の目的としていた。この点ではシュピーリは、やや微妙な立場をとっている。彼女は自分の本を、「子どもと、子どもが好きな人のための」物語と銘打っているのだ（強調は引用者）。

にもかかわらず、シュピーリの作品には、死にたいと願う子どもたちが登場する。やや悲嘆主義が行き過ぎているとも言えるだろう。『大岩』の少女ファイエリは、体が弱い自分が死ねば、兄は技師になりたいとう夢をかなえることができると思っている。『グリトリの子どもたち』の少女ノラは天国に行きたいと願い、遊び友だちのエルスリをその道連れにしたいと考えている。『クロメリンとカペラ』の少女ツィリは、ひたすら亡き母に会いたいと願い、アルプスの氷河を登っていけば母に再会できると思って山頂めがけて突き進む。「上を見れば、巨大な氷の塊が日の光を浴びて、青い炎のようにキラキラしています。山頂には白い雪が輝き、そこからは紺碧《こんぺき》の空にすぐ手が届きそうです。一瞬、ツィリは至福の笑みを浮かべ、雪の峰を見つめていました。それから一段と速度を上げて登りはじめました」(228)。そのあげく、ツィリは疲れきって死ぬ。

このような表現はやや病的にも思えるが、ここでシュピーリは、死にゆく子どもというロマン主義文学の定番のトポスに接続している。死にゆく子どもを描いた印象的な例として、女性詩人マルスリーヌ・デボルド＝ヴァルモール(一七八六―一八五九)の詩『母の家』を挙げてみたい。

汚れなさ！　汚れなさ！　夢にみた永遠よ！
涙の時の終わりに、あなたは再び見出されるのか？
それともあなたは、私が鍵を失くした家なのか？
母よ、これが死か？　……私は死んでしまいたい！(87)

一九世紀の文学について、マリナ・ベトレンファルヴァイは似たような例を数多く挙げている。

「ロマン主義的な子ども」とは、幼くして死ぬ子どものことだと言うことができそうである。この世のものではないことが、子どもの本質的な特徴の一つと見なされていたのである(88)。

数多くの詩で、子どもは死後に永遠の生命を獲得してはじめて幸せになれるという確信が表現されている。この世に誕生するときに魂が離れてきた超越的な世界のなごりが子どもには付着しており、だからこそ子どもは特別に恵まれた存在なのだと考えられていたことが窺える(89)。

この文学的トポスは、ここまで見てきたシュピーリ文学の暗い面にぴったり一致している。死にゆく子どもへの病的なこだわりには、ただし社会的な現実も反映されている。当時の社会では、幼児死亡率や出産時の母子の死亡率は今日とは比べものにならないほど高かった。ペスタロッツィのような教育学者が孤児の教育というテーマに熱心に取り組んだのも、それだけ親のいない子どもの数が多かったからにほかならない。

もう一つ、あくまで仮説含みではあるが、別の見方を提示してみたい。シュピーリが描いた子どもの人物たちは――それほど面白みのない――あくまで紙の上での文学的創作の産物であって、本人がやや皮肉に述べていた言葉を借りると、「暦物語」の穴埋めをするために間に合わせで作られたものでしかないのだろうか？　その可能性はゼロではない。子どもはシュピーリ文学の屋台骨を構成する要素ではあるが、特徴的なことに、シュピーリ自身の生涯では、子どもが重要な役割を果たしたということはないようだ。生前のシュピーリを知る人の証言によると、彼女はそもそも子どもにあまり関心がなかったらしい。彼女にとっては、現実の子どもより、想像の子どもの方が優先順位が高かったのだと言えるだろうか。

文学というものには、ときどきこういう奇妙な逆説《パラドックス》が発生する。戯曲『ヴィルヘルム・テル』を書いたシラーは、現実には一度もスイスの地を踏んだことがなかった。詩人ランボーにとって、『酔いどれ船』を書くために、現実の海を見る必要はなかった。

けれども、子どもを優しく注意深く描き出すためには、そもそも子どもが好きでなければならないのだろうか？人気漫画『タンタンの冒険』シリーズの生みの親エルジェ（一九〇七―一九八三）の伝記を書いたピエール・アスリーヌは、エルジェは子どもが大嫌いだったと述べている[90]。そういえば、ルソーの例もあるではないか。ルソーは自らも孤児であり、あれほど言葉を尽くして教育や教育学や社会正義の問題に取り組んだにもかかわらず、それが自分の五人の子どもを孤児院に送るのをためらう理由になることはなかった。

＊

ヨハンナ・シュピーリの他の作品を調べてみると、一つのことが分かる。『ハイジ』ほどの完成度に到達している作品は、他には一つもない。『ハイジ』は、他の小説の特徴をすべて兼ね備えていると同時に、他の小説の弱点をうまく回避している。まず、病的な人物は登場しない。クララは病弱ではあるが、死ぬことはない。逆に、また歩けるようになって元気になる。山の民は素朴ではあるが、尊厳のある暮らしを営んでおり、汚いボロボロの格好はしていない。ペーターはたしかに少々頭が悪いように描かれているが、個性的で、はっきりと自己主張する。そして、この小説が大きな成功を収めたのは、都会とアルプスの山の対比をはっきり打ち出したおかげに相違あるまい。シュピーリの他の作品では、この対比はそれほど明瞭には描かれていない。そ

『ベルニナ山の子ども』（『クロメリンとカペラ』仏訳版）より
（出典）Johanna Spyri, *Au pays de Heidi*, Paris, Flammarion, 1938, p. 98.

れに対して、全作品に共通して見られるのは、物語の教訓的な性格である。讃美歌と祈りをちりばめたこれらの物語は、憐れみと善行を求めるキリスト教的メッセージを伝えるためのもので、全体として一つの説教と呼ぶことができそうだ。今日、こうした側面はあまり高く評価されなくなっているが、ただし『ハイジ』は、シュピーリがいくつかの作品で見せている宗教的な熱狂には陥っていない。シュピーリが描いた他の子どもたちとは違い、ハイジは読者を夢想に誘う。ハイジの生命力と生きる喜びは、読者に感染するのだ。

おわりに

この研究を始めたときには、どこにたどり着くのか想像もつかなかった。道に迷ってデルフリの雪に埋もれ、薄れゆく意識のなかでニコニコ笑顔の少女と対面し、何やらお説教を聞かされてしまうのか？——その心配は杞憂《きゆう》に終わった。明らかになったのは、『ハイジ』という小説が、ところどころ古臭い面はあるとはいえ、いかに現代的な作品であるかだった。『ハイジ』が伝えるメッセージは、今日なお多くの人の共感を呼ぶ。自然への回帰と、本物への志向。これは、今日ではエコロジー的な価値観に分類されるものだろう。ハイジの本を書くつもりだと知り合いに言って回ったとき、バカにした態度をとる人が誰もいなかったのは、そのあたりに理由がありそうだ。ハイジと聞けば、みんな嬉しげに夢みる表情になり、子ども時代の記憶がよみがえって幸せなノスタルジーに浸っていた。その一方で、いかにもスイス的な内向きのメンタリティの形成を促すような点が『ハイジ』にはある。その極致がアルムの山だ。ここは古き良きスイス、失われて取り戻された楽園、悪徳と汚濁にまみれた都会から遠く離れた地、近代文明から遠く離れた地なのだ。

二〇一〇年の春と夏にベルン美術館で開催されたアルベール・アンカー展は大きな成功をおさめ、多くの人々が訪れた。アンカーが画家として伝えるメッセージは、シュピーリが小説家として伝えたことによく似ている。シュピーリの文学と同様、アンカーの絵画は見る人に居心地よさと安心感を与えることで、反近代的かつ保守的な性格のノスタルジーを呼び起こす。シュピーリとアンカーは二人とも、多くのスイス人が心の中で温めている、カレンダーの写真にあるような理想の——あるいは理想化された——スイスへの「ホームシック」に火をつける。

＊

今回、『ハイジ』を読みなおしてみて一番印象に残ったのは、ハイジという少女がもつ、アルプスの世界から切り離された途端に萎《しお》れてしまうような壊れやすさ（作者シュピーリとの共通点でもある脆《もろ》さ）と、周囲の人を幸せにする生命力やポジティブ思考のコントラストだった。この二つのものの対立はシュピーリ文学の根本原理であって、ほとんどすべての作品の共通テーマになっている。ここまで見てきたように、この葛藤を解決するのは神への揺るぎない信仰だとシュピーリは考えていた。その神とは、敬虔主義の神である。この神は、人間が折に触れて頼ってくるのをずっと待っており、人間の運命に手を差し伸べる適切なタイミングを見はからっている。

もちろん、今日の読者はこの世界観を共有する必要はないし、シュピーリの小説にキリスト教の信仰を教えようとする性格があることには、これを不快に感じたり、拒絶反応を示したりする人もいて当然だろう。それでもシュピーリを読もうとするなら、しかも楽しく読もうとするなら、自分も「仲間に入る」か、宗教的な要素を削除したバージョンで読むか、どちらかしか選択肢はないかに思える。『ハイジ』の場合、後者を選ぶのは簡単だ。すでに「検閲済み」の版がたくさん流通しているから。けれども、そうすればシュピーリ文学の根本的なメッセージを読み落とし、実質的に作品のかたわらを通り過ぎるリスクを冒すことになる。それはたとえば、シュールレアリスムの文学作品を読みながら夢をみまいとするようなものではないか。

やや不思議なことに、宗教的な要素があることは『ハイジ』読者の大多数にとって障害や問題にはならないようだ。そのような要素が削除された版で読んだからなのか、それとも書いてあったけれど読み飛ばしたか、読んだけれども単に忘れているのか（私の知り合いに訊いてみた範囲では、最後のケースが一番多かった）。私たちの記憶に残っているハイジのイメージとは、アルプスの牧場を跳ね回る、いつも朗らかな少女の面影——「不思議の国のハイジ」といったもの——であって、両手を組み合わせて敬虔にお祈りしている姿ではないのだ。もちろん、ハイジの視覚的イメージは何度も再加工されたり、変形されたり、捏造されたりしてきたので、もう自分の頭の中にあるハイジがどんな姿をしているか分からなくなっている人もいるだろう。一度、好奇心に駆られてハードロックかメタルの専門グッズ店に入ってみたとき、髑髏《どくろ》や各種ゴシック系アクセサリーのただ中に、おなじみのアルプスの少女の顔をプリントしたTシャツやベルトが陳列してあった。そういった品々が売ってあることは、腕に刺青《タトゥー》を入れた客層にとって、ごくあたりまえの品ぞろえだったようだ。

＊

『ハイジ』を読みなおすとは、一九世紀という時代の魅力を再発見することでもある。当時は、すでに工業化にともなう問題が幾重にも浮上し、一八世紀に始まった「アルプスの発明」の延長線上で新しい楽園が探し求められ、貧しい子どもたちの暮らしぶりが関心を集め、教育や衛生が重要課題となり、精神医学や心霊主義が流行し、女性解放をめぐって議論が交わされた時代だった。スイスの歴史にとっても、歴史的な転換が起こった時期だった。近代国家としてのスイス連邦が誕生したのだ。

啓蒙主義やロマン主義の時代にスイスに押し寄せた旅行者たちは、ルソーやハラーやド・ソシュールの本を旅行ガイドとして携えていた。今日スイスを訪れる観光客ならば、『ルタール』[22]やインターネットのページをプリントアウトしたものを持参していることだろう——ついでに、バッグの底に『ハイジ』を一冊忍ばせているかもしれない……。

ハイジもシュピーリも、たえまなく偏見にさらされてきた。たとえばエルヴェ・デュモンの『スイス映画史』の記述を読めば、そのことがよく分かる。

シュピーリはディケンズではないし、彼女が楽園のように描いた一八八〇年のスイスは、純粋に空想の産物である。にもかかわらず、その作品が驚くほど売れているという事実は、(都会人の目で見た) アルプスの「健康」な空気を求める逃避願望がいかに根強いか、そして現代文明がいかに大きなフラストレーションを抱え込んでいるかを示している。(91)

＊

このような見方があるのを承知で、私はあえてシュピーリとディケンズを比較してみた。『ハイジ』という小説が驚くほどの成功を収めた理由を、読者の「逃避願望」やフラストレーションで説明するのは、厳しすぎる評価というだけでなく、あまり説得力がないし、短絡的だ。『ハイジ』がこれまで何世代にもわたって世界中の大人と子どもの読者の心を捉えてきたのは、この物語がそれだけ大切なことを教えてくれるからではないのか。

ハイジ――それはスイスそのものであり、世界そのものだ。このアルプスの少女は全世界で愛されている。この本を読んだ人は誰もが、自分の中にある自由への憧れを、かけがえのないものや瑞々《みずみず》しいものを求める気持ちを再確認させられる。自らのルーツへ、子ども時代へ、自然へ回帰したいと願ってしまうのだ。日本人とアメリカ人のように大きく異なる国民性をもつ人々が同じようにハイジに感情移入できるとするならば、それはこの少女がそれだけ普遍性のあるキャラクターだからに違いない。

にもかかわらず。私がこの研究の過程で参考にしたスイス関係の本で、ヨハンナ・シュピーリについて書いてある本はほとんどなかった。あたかも、この女性は知的な話題で取り上げるにふさわしくないと思われているかのように。一九世紀のロマン主義を扱った本のページを繰《く》ってみても、結果は同じだった。『ハイジ』はそれほど分類が難しい本だろうか？　スイス近代史の便覧[92]を開いてみても、一九世紀スイスの重要な作家の項にヨハンナ・シュピーリの名前はなかった。世界中で最もよく読まれ、最もよく翻訳されているスイス作家のはずなのに。預言者は故郷では容れられない、ということか。スイス人は、ハイジが自分の国を象徴する存在になりうることに、その国際的ヒットを見てあとから気づいたのだった。

スイス本国では、もはや『ハイジ』という本自体とその作者よりは、「ハイジ熱」の現象や映画化されたバージョンの方が知名度が高い。だが、これに関してもエルヴェ・デュモンはやはり厳しい目を向け、『ハイジ』をめぐる文化現象と派生作品を一刀両断している。

このような、口あたりのいいエコロジー思想の氾濫と見なすしかない社会学的現象も、その現象が根ざしている、あらゆる社会的・歴史的現実への無知についても、ここで取り上げる必要はないだろう。[93]

このような不当な評価を覆したくて、私はこの本を書いた。ハイジに感情移入しながら、だからといって批判的なまなざしを失うことなく、過去の研究も踏まえつつ『ハイジ』を読みなおすこと。それがこの本の狙いだった。『ハイジ』に向けられた偏見を葬り去り、敬意を込めてシュピーリの小説を読むことができればよいと思った。一つの神話を創造した作家には、それだけの敬意を払って当然ではないだろうか——世界を征服した少女の神話を。

謝辞

原稿を丁寧に読んでくれたコレット・ベルターニャさん、エドワード・ビザブさん、フランソワ・ブエンソッドさんに感謝します。

二〇一三年六月八日にこの世を去ったレギーネ・シンドラーさんに、感謝と追悼の念を捧げます。シンドラーさんは、ヨハンナ・シュピーリ研究およびメタ・ホイサー研究の第一人者としての豊かな知識と研究対象への愛を、惜しみなく分け与えてくれました。

スイス児童メディア研究所（チューリヒ）のドニーズ・フォン・シュトッカーさんとロジェ・マイヤーさんにも、研究支援のお礼を申し上げます。

最後になりましたが、川島隆さんにとりわけ厚く感謝したいと思います。川島さんがいなければ、日本語訳の出版は到底ありえなかったでしょう。この出版を実現させるために邁進し、一貫して熱意を注いでくださったことは忘れません。

原注

(1) 例外的にフランス語で書かれた『ハイジ』論としては、イザベル・ニエール＝シュヴレル (Isabelle Nières-Chevrel)、ドニーズ・フォン・シュトッカー (Denise von Stockar)、クリストフ・グロ (Christophe Gros) の優れた論考がある。

(2) 『ハイジ』第一部 (『ハイジの修業時代と遍歴時代』) からの引用は以下の版により、引用頁数をローマ数字「I」とともに括弧に入れて示す。ヨハンナ・シュピーリ『ハイジ [1] 完訳版』(若松宣子訳) 偕成社 [偕成社文庫]、二〇一四年。『ハイジ』以外のシュピーリ作品からの引用は、文献表に記載したドイツ語原書から行い、引用頁数をそのまま括弧に入れて示す。

(3) このテレビドラマは、テレビ局「フランス2」とスイスのフランス語放送TSR (当時) の共同制作で二〇〇七年に放送された。監督はピエール＝アントワーヌ・イロ (前半) とアンヌ・ドリュ (後半)。

(4) オーギュスト・フォレルが一八七九年にこの精神病院の院長に就任した。彼の弟子オイゲン・ブロイアーが一八九八年に院長の座を引き継ぎ、C・G・ユングがその補佐を務めた。フォレルのもう一人の弟子アドルフ・マイヤーは一八九三年にアメリカに移住し、当地で名声を博した。

(5) ワーグナーの『ニーベルングの指環』の初公開は朗読形式で一八五三年、チューリヒのホテル・ボー・オー・ラックで行われた。この町で『ラインの黄金』と『ワルキューレ』が完成し、『ジークフリート』や『トリスタンとイゾルデ』も大部分が成立した。

(6) おそらくシュピーリは、バーデン南部のアレマン地方の郷土作家ヨハン・ペーター・ヘーベル (一七六〇—一八二六) の有名な暦物語を念頭に置いていたのだろう。ヘーベルの暦物語は、民衆カレンダーに掲載される短編小説というジャンルに新境地を切り開いた。

(7) ヤギ飼いペーターは、フランス語訳では「ピエール」と名前がフランス語化されている (本書の第四章を参照)。

(8) ブルーノ・ベッテルハイム『昔話の魔力』(波多野完治／乾侑美子訳) 評論社、一九七八年。

(9) Marina Bethlenfalvay, *Les visages de l'enfant dans la littérature française du XIXe siècle. Esquisse d'une typologie*, Genève, Droz, 1979, p. 31.

(10) Ibid. 以下では、この研究書を何度も参照する。同書は、『ハイジ』を研究するための重要な前提をいくつも明らかにしてくれる。主な研究対象はフランス文学だが、それ以外——英文学やドイツ文学など——の資料も使用されている。もっとも、『ハイジ』自体への言及はない。この小説には、同時代のフランス文学に頻出するトポスの数々が凝縮されて出てくるにもかかわらず。このように、一九世紀文学の研究論文にあっては『ハイジ』が見落とされる、あるいは無関心が支配していることが多い。スイスで書かれた論文でも同様である。

(11) ヴィンタートゥール芸術・文化・歴史財団にて展示。

(12) Claude Reichler, *La Découverte des Alpes et la question du paysage*, Genève, Georg, 2002, p. 126. この本は一九世紀半ばまでしか対象としておらず、したがってヨハンナ・シュピーリは扱われていない。いずれにせよ、シュピーリが研究論文で扱われることが稀なのは前に述べたとおり。ともあれ、レシュレールの説はシュピーリにもうまく適用できると思われる。

(13) ベッテルハイム前掲書、八二頁。

(14) Bethlenfalvay, op. cit., p. 22.

(15) Alice de Chambrier, *Poèmes choisis*, Lausanne, L'Âge d'Homme, 2007, p. 129. 夭折した女性詩人アリス・ド・シャンブリエは、人間の心と神の創造の秘密に迫る、きわめて豊かで円熟した作品を残した。シュピーリの作品と同様、ド・シャンブリエの詩では自然が重要な役割を果たしている。彼女は神秘主義的とさえ言える繊細さで自然の美を描き出したが、その筆致はプロテスタントの宗教性の刻印を強く帯びている。

(16) 国民的・農民的な価値観への回帰といえば、ベルンの作家イェレミアス・ゴットヘルフ（一七九七―一八五四）の作品に言及せざるをえない。ゴットヘルフは一三作の長編小説（『農民の鑑』、『学校教師の喜びと悲しみ』、『下男ウーリ』、『小作人ウーリ』、『アンネ＝ベビ・ヨヴェーガー』など）を書いたが、どれも例外なくエメンタールの農民の世界を舞台にしている。近代化のあおりを受けて崩壊した世界である。自身も牧師であり、牧師の息子でもあったゴットヘルフは、スイス社会の変化を憂いつつ見つめていた。そして、保守的な宗教性が工業化社会の脅威に対する防波堤として役立つことを示そうとしたのだ。ペスタロッツィの信奉者であったゴットヘルフは、シュピーリと同様、当時の社会にあふれていた孤児たちの悲惨な運命に憤っており、彼の作品はどれも同時代人たちの良心に訴えかける火のようなアピールに満ちている。もちろん、シュピーリの作品とは大きな違いがある。ゴットヘルフは児童文学は書かず、もっと複雑な筋の物語を書いた。ゴットヘルフの短編は伝説に取材していることも珍しくなく、超現実的な要素も多い。それに対してシュピーリの作品には魔法使いや悪魔や龍は出てこない。ちなみに、シュピーリの兄のクリスティアンはゴットヘルフの熱心な読者だったらしいことが手紙から分かる。

(17) Reichler, op. cit., p. 114.

(18) Ibid.

(19) Christophe Gros, « Heidi de Dörfli ou la Suissesse missionaire de la pureté alpestre », dans: *Terres de femmes* (ouvrage colletif), Itinéraires Amoudruz VI, Genève, Musée d'ethnographie, 1989, p. 285.

(20) マルト・ロベール『起源の小説と小説の起源』（岩崎力／西永良成訳）河出書房新社、二〇〇〇年、六〇頁。

(21) Isabelle Nières-Chevrel, « Relire Heidi aujourd'hui », dans: *Strenæ* [en ligne], 2-2011. URL: http://strenae.revues.org/266（二〇一一年六月二一日公開）

(22) Albrecht von Haller, *Versuch Schweizerischer Gedichte*, Bern, Herbert Lang, 1969, S.27.

(23) Ebd., S. 29.

(24) 引用は以下による。Reichler, op. cit., p. 182.

(25) この実存的な葛藤について、ドニーズ・フォン・シュトッカーは次のように考察している。「この物語は、教育・宗教小説か成長小説かに単純に分類できるわけではない。これはむしろ、本格的な心理小説である」。Denise von Stockar, « Sophie et Heidi, miroirs de leurs auteurs », dans: *Les Cahiers Robinson*, 9/2001 [*La Comtesse de Ségur et ses alentours*. Actes du colloque international « La comtesse de Ségur et les romancières de la Bibliothèque rose », septembre 1999, Numéro dirigé par Isabelle Nières-Chevrel, Université de Rennes II, 2001], pp. 193-200.

(26) Bethlenfalvay, op. cit., p. 41.

(27) Ibid., p. 40. マルスリーヌ・デボルド＝ヴァルモールの詩は、子どもの世界に対する強い感受性が特徴で、そのうち何編かは自分自身の子どもへの優しいまなざしを感じさせる。

(28) Ibid., p. 42.

(29) Ibid., p. 20.

(30) Étienne Eugène Azam, *Hypnotisme, double conscience, et altérations de la personnalité*, Paris, L'Harmattan, 2003, p. 57.

(31) Reichler, op. cit., p. 107.

(32) Ibid.

(33) Meta Heusser-Schweizer, *Lieder einer Verborgenen*, Leipzig, Otto Holtze, 1858, S. 29.

(34) Haller, op. cit., S. 35.

(35) 引用は以下による。Reichler, op. cit., p. 56.

(36) Ibid.

(37) Ibid., p. 57.

(38) 『ハイジ』第二部（『ハイジは習ったことを役立てる』）からの引用は以下の版により、引用頁数をローマ数字「II」とともに括弧に入れて示す。ヨハンナ・シュピーリ『ハイジ［2］完訳版』（若松宣子訳）偕成社［偕成社文庫］、二〇一四年。

(39) Commission des Verbandes „Arbeiterwohl", *Das häusliche Glück—Vollständiger Haushaltungsunterricht nebst Anleitung zum Kochen für Arbeiterfrauen. Zugleich ein nützliches Hülfsbuch für alle Frauen und Mädchen, die „billig und gut" haushalten lernen wollen*, 10., verb. Aufl., Leipzig, M. Gladbach, 1882, S. 16f.

(40) Ebd., S. 16.

(41) Johann Gottfried Ebel, *Anleitung, auf die nützlichste und genußvollste Art die Schweiz zu bereisen*, Zürich, Orell Füssli, 1809, S. 26.

(42) ルソー『新エロイーズ』（安士正夫訳）岩波書店［岩波文庫］、一九六〇年、第1巻、一二六頁。

(43) Bethlenfalvay, op. cit., p. 58.

(44) 印象的な例として、ジュール・ヴァレスの『子ども』（一八七九）を挙げておきたい。『子ども』（朝比奈弘治訳）岩波書店［岩波文庫］、二〇一二年。

（45）ベッテルハイム前掲書、一六九頁。

（46）同箇所。

（47）コニャック＝ジェイ美術館に所蔵の『朝の祈り』などがその典型例。

（48）Hannes Binder, Peter Stamm, *Heidi—Bilderbuch*. Zürich, Nagel & Kimche, 2008.

（49）Gerhard Tersteegen, *Vom Kinderwerden*, in: Ders., *Weg der Wahrheit*, Solingen, Schmitz, 1768, S. 135–137.

（50）Alexandre Vinet, *Famille, éducation, instruction*, Lausanne, Payot, 1925, p. 270.

（51）Ibid., pp. 307–308.

（52）Ibid., p. 315.

（53）Ibid., p. 310.

（54）Ibid., pp. 169–170.

（55）ロベール前掲書、七九頁。

（56）Heusser-Schweizer, *Lieder einer Verborgenen*, op. cit., S. 6.

（57）Meta Heusser-Schweizer, *Gedichte*, Basel, P. Kober C. S. Spittlers Nachfolger, 1898, S. 246.

（58）引用は以下による。Denise von Stockar, « Les débuts de *Heidi* en suisse romande: Camille Vidart », dans: *Johanna Spyri und ihr Werk—Lesarten*, Zürich, Chronos, 2004, p. 108.

（59）Ibid.

（60）当時のジュネーヴの状況、とくに家政学校の設立に関しては、以下を参照。Josiane Ferrari-Clément, « Du ménage à l'école, de l'école au ménage », dans: *Le Guide des femmes disparues / Forgotten Women of Geneva*, Genève, Metropolis, 1993, pp. 79–97.

（61）*Heidi grandit*, Paris, Flammarion-Jeunesse, 1958, p. 145.

（62）このように、トリッテンの『ハイジ』続編でシュピーリ作品からの盗用が見受けられることは、管見のかぎり、従来の研究ではほとんど注目されていない。

（63）この情報を提供してくださった、スイス作家協会（ジュネーヴ）のロラン・トルマチョフ氏にお礼を申し上げる。

（64）Nathalie Gara, *Le Sourire de Heidi*, Paris, Flammarion-Jeunesse, 1959, p. 132.

（65）ドイツ語圏でトリッテンの『ハイジ』続編が知られていないことについては、以下を参照。Roger Francillon, « Heidis Metamorphosen », in: *Heidi—Karrieren einer Figur*, Zürich, Offizin, 2001, S. 251.

（66）この、リュック・ド・グスティーヌとアラン・ユリオによる一九七九年の『ハイジ』仏訳（挿絵はトミ・ウンゲラー）は、カミーユ・ヴィダール訳以来の信頼度を誇る、忠実な全訳とされる。二〇一一年にパリのグリュンド出版社から刊行された仏訳は、一八八二年のヴィダール訳を（無断で）流用したもの。

（67）イザベル・ニエール＝シュヴレルは、「翻案作品の洪水」という言い方をしている。Isabelle Nières-Chevrel, « Heidi en

France: un rendez-vous manqué », dans *Johanna Spyri und ihr Werk—Lesarten*, op. cit., p. 123.

（68） エレナ・ポーター『少女パレアナ』（村岡花子訳）角川書店〔角川文庫〕、一九六二年、四二頁。

（69） ミシェル・トゥルニエ『メテオール（気象）』（榊原晃三／南條郁子訳）国書刊行会、一九九一年、三五四頁。

（70） 同書、三六六頁。

（71） 日本ではもう一人、大きな人気を誇る孤児の少女がいる。一九〇八年（『ハイジ』の二八年後）にルーシー・モード・モンゴメリーが書いた『赤毛のアン』の主人公だ。この小説にも、ご多分に漏れず非常に多くの続編が書かれた。想像力豊かな少女アンは、ハイジとはまったく異なる人物だが、それでも「カナダのハイジ」と呼ばれることがある。作者の家がある（物語の舞台でもある）プリンス・エドワード島は、マイエンフェルト近郊の「ハイジの家」と同じくらい多く日本人観光客が訪れる場所になっている。

（72） Hervé Dumont, *Histoire du cinéma suisse, films de fiction 1896-1965*, Lausanne, Cinémathèque Suisse, 1987, p. 433.

（73） いがらしゆみこの漫画版『ハイジ』（一九九八）も、物語の舞台をドイツに移している。〔その事実はないが、同漫画の仏訳（二〇一〇）の裏表紙に掲載された煽り文には、物語の舞台はドイツと記されている——訳者注〕

（74） Dumont, op. cit., p. 450.

（75） Ibid., p. 449.

（76） Ibid.

（77） Ibid., p. 456.

（78） Johann Georg Altmann, Abraham Ruchat, Abraham Stanyan, *L'état et les délices de la Suisse, en forme de relation critique, par plusieurs auteurs célèbres*, Amsterdam, Wetsteins et Smith, 1730, p. XVI, p. XVIII.

（79） ベッテルハイム前掲書、二五頁。

（80） Comtesse de Ségur, *Les Petites Filles modèles*, Paris, Casterman, 2003, p. 28.

（81） Bethlenfalvay, op. cit., p. 55.

（82） Ibid., p. 56.

（83） ソフィーとハイジの比較については、以下を参照。Denise von Stockar, « Sophie et Heidi, miroirs de leurs auteurs », op. cit.

（84） フィリップ・アリエス『〈子供〉の誕生——アンシァン・レジーム期の子供と家族生活』（杉山光信／杉山恵美子訳）みすず書房、一九八〇年。ミシェル・フーコー『狂気の歴史——古典主義時代における』（田村俶訳）新潮社、一九七五年。

（85） Bethlenfalvay, op. cit., p. 15.

（86） 本書で扱ったシュピーリ作品のうち、『ジーナ』以外はすべて「子どもと、子どもが好きな人のための物語」に分類される。

（87） Marceline Desbordes-Valmore, « La Maison de ma mère », dans: *Œuvres poétiques* (I), Genève, Slatkine, 1975, p. 6. この

女性詩人は、自らの第一子を失ってから、死んだ子どもや死にゆく子どもを数多く詩に歌った。

（88） Bethlenfalvay, op. cit., p. 26.

（89） Ibid., p. 38.

（90） Pierre Assouline, *Hergé*, Paris, Plon, 1996.

（91） Dumont, op. cit., p. 433.

（92） Betrix Mesmer et Georges Andrey, *Nouvelle histoire de la Suisse et des Suisses*. Tome III, Lausanne, Payot, 1983.

（93） Dumont, op. cit., p. 433.

訳注

[1] スイスのフランス語圏では肉料理などにフライドポテトを添えるが、ドイツ語圏ではハッシュドポテト（レシュティ）を添えることが多いとされる。
[2] 本訳書では、『ハイジ』以外のシュピーリ作品からの引用はドイツ語原典への参照に差し替えている。
[3] 市の助役に相当。
[4] イエス・キリスト生誕の場面を描いた馬小屋の模型。
[5] 大衆向けの民衆カレンダーに掲載される娯楽読み物。
[6] 「まるでまっとうな人間じゃない」と訳されている箇所は、原文では「まるで異教徒のインディアン」（Ⅰ：21）。
[7] デフォーの『ロビンソン・クルーソー』の主人公は、実際には難破船から回収した文明の利器のおかげでサバイバルに成功するのだが、ルソーはその点をあえて誤読している。
[8] 実際にはロッテンマイヤーさんは家庭教師ではなく、ゼーゼマン家の執事。
[9] アーデルハイトがフランス風に変化した名前。フランス語読みは「アデレード」。
[10] 原文では「学位取得候補生の先生」。大学はもう出ているが学位は取得していない境遇。
[11] 「神さまに背きました」と訳されている箇所は、原文では「天に対して罪を犯しました」。ここでの「父さん」という言葉は、実の父親と父なる神の両方に向けられている（Ⅰ：285）。
[12] セリ科カワラボウフウ属の多年草。
[13] 「シュティ」は「北部人」の意味。この映画は、北フランスで暮らすことになった南フランス人が文化の違いに直面するさまを描き、フランスで記録的な大ヒットを収めた。
[14] 原文では「野蛮人のように」（Ⅱ：143）。
[15] 「カミーユ」は男性名でも女性名でもありうる。
[16] ハリエット・クリスビーは英国生まれ、オーストラリア育ちの女性（一八三〇—一九三一）。ジャーナリストとして活動したのちアメリカで医学を修め、ボストンで医師として働くかたわら、女性運動に携わった。引退後はジュネーヴに移住し、そこでも女性運動に指導的役割を果たした。当地でカミーユ・ヴィダールと同居するが、晩年はロンドンで暮らした。
[17] 一九三九年に開催された。通称「ランディ」。
[18] トリッテン続編の英語版（英訳者名の記載なし）は、フランス語版とは内容が異なっている。なお、邦訳『それからのハイジ』『ハイジのこどもたち』（各務三郎訳）は、この英語版からの翻訳。
[19] ガリマール出版社の青少年文庫。
[20] ギリシア神話の「ヘラクレス」の意味。アニメに登場する犬のヨーゼフのフランス語吹替え版での名前。
[21] 現在のチェコ東部。
[22] フランス語圏で人気の、バックパッカー用の旅行ガイド。

訳者あとがき

スイスの児童文学作家ヨハンナ・シュピーリが書いた小説『ハイジ』は、ドイツ語から多くの言語に訳され、世界的に大きな人気を誇っています。スイスといえばアルプス、アルプスといえばハイジ――そんな等式が成り立つほどに。そしてこの本、『ハイジ神話』（二〇一二）は、フランス語で書かれた最初の本格的な『ハイジ』論です。いわゆる「児童文学の古典」にはよくあることですが、多数の読者を獲得し、さまざまな翻案や映画版やアニメ版が流通している作品は、かえってまじめな研究の対象になりにくいようです。とくにフランス語圏では、この本の中でも詳しく扱われているシャルル・トリッテンの作品をはじめとして『ハイジ』続編が数多く書かれ、いわば粗悪な「コピー商品」が大量に出回っていたせいか、じっくり腰を据えて『ハイジ』を研究しようとする人はこれまで登場しなかったのでした。その状況に一石を投じたのが、この本です。

著者のジャン＝ミシェル・ヴィスメールさんはスイスのジュネーヴ在住の作家で、当地の大学で文学の授業を担当していたこともあります。専門はメキシコ文学で、一七世紀メキシコにあって学者・詩人として活躍した修道女フアナ・イネス・デ・ラ・クルスをめぐるスペイン語とフランス語の一連の著作がありますが、偶然が重なって「ハイジ」のテーマにたどり着きました。ヴィスメールさんの筆致を特徴づけるのは、ときに研究対象に皮肉なまなざしを向けながら、しかし対象への愛情をけっして失わない態度です。逆に言えば、どれだけ自分の好きなことを論じるときにも、手放しの礼賛に終始することなく、批判的な視座を見失うまいとするスタンスです。その絶妙なバランス感覚は、スイス国民の「神話」として国内外の大衆に愛されながら、知識人からは低俗なものとして断罪されがちな「アルプスの少女」を論じたこの本でも、いかんなく発揮されていると言えるでしょう。

＊

この本の構成について、簡単に説明しておきます。第一章は、著者ヴィスメールさんがハイジゆかりの地を訪ね歩くエッセイです。『ハイジ』の舞台となったマイエンフェルト近郊の「ハイジランド」や、作中でも重要な役割を果たす温泉地《バート》ラガーツ、そしてシュピーリの故郷ヒルツェル。こうした土地は、日本でもこれまで数多くの本や雑誌の特集号で紹介されてきました。そんな旅行ガイドのページを開けば、そびえるアルプスの山々、緑の牧場、おいしそうな食べ物の写真が目に飛び込んできて、ハイジの国スイスへの憧れがかきたてられます。けれどもヴィスメールさんのハイジ紀行は、そんな夢いっぱいのガイドブックとは一味違う、エスプリのきいた読み物になっています。その点にぜひご注目ください。

第二章と第三章は、『ハイジ』を原作（第一部と第二部）の内容に即してじっくり読みなおす作業にあてられています。そこから明らかになるのは、この小説がはらむ、驚くほどのアクチュアリティです。近代化が急速に進行する一九世紀のヨーロッパ社会で浮上していたさまざまな問題が、作中には克明に描かれています。自然と文明、田舎と都会、貧困、病気、公衆衛生、精神医学、子どもの教育、キリスト教。どれも一筋縄ではいかない難しい問題ばかりですが、こうしたテーマにシュピーリはいわば体当たりで取り組んでいます。結果的に『ハイジ』は、アルプスの自然と「健康」のイメージを結びつけることで、今日のエコロジー思想——ある意味で世界を征服したとさえ言えるほどメジャーになった思潮——を先取りする書物になったのです。

なお、『ハイジ』がキリスト教色の濃い作品であることはよく知られていますが、その背後にある作者シュピーリの信仰と宗教性（とくに敬虔主義）については、日本では具体的なレベルでは従来ほとんど知られておらず、「キリスト教」が非常に漠然と捉えられたり、何の裏づけもないことが伝記的事実であるかのように流布されていたりしました。それだけに、ヴィスメールさんの解説は貴重なものです。

第四章では、まずフランス語圏で流通している『ハイジ』続編をめぐる状況が取り上げられます。冒頭でも触れたシャルル・トリッテンの続編シリーズは、一見するとシュピーリ自身の手になるハイジ物語であるかのような勘違いを誘う装幀で出版され、しかも内容面では、『ハイジ』以外のシュピーリ作品を無断で切り貼りして流用しているものです。それでも、そんなトリッテン作品でさえ一番ましな部類に思えるほど、なりふり構わず続編や翻案が粗製濫造されている観があります。

ちなみに、トリッテンの続編は『それからのハイジ』『ハイジのこどもたち』のタイトルで二冊の日本語訳が出ていますが、これはトリッテン作品を直接訳したものではなく、アメリカで出版された英語版の訳です。この英語版の内容についてはヴィスメールさんは触れていませんので、ここで少し補足しておきましょう。『それからのハイジ』の英語原題は『ハイジは成長する』。これはトリッテン作『若き娘ハイジ』（第三部）を英語に訳したもので、トリッテンの名前は作者として明記されていますが、しかし英訳者名は記載されていません。続く『ハイジのこどもたち』は、冒頭の数行だけはトリッテン作『ハイジと子どもたち』（第四部）の英訳ですが、それ以降はまったく別物になっています。やはり英訳者（というより、冒頭の数行以降をごっそり創作した人物）の名前は記載されていません。そのためアメリカでは、「チャールズ・トリッテン」なる人物が最初から英語でこの二冊の続編を書いたのだという誤解が広まっています。シュピーリの名を騙《かた》って続編を捏造したトリッテンの名前をさらに騙って続編を捏造したのは、いったいどこの誰なのか……。

ともあれ、第四章では日本製アニメ『アルプスの少女ハイジ』や各国の実写映画も扱われています。従来、こうした映像化作品においては、原作への忠実さはあまり重視されていませんでした。ヴィスメールさん自身は原作の無軌道な改変にはどちらかというと否定的ですが、日本製アニメについては、原作のメッセージを例外的によく保存した作品として高く評価しています。ちなみに現在も、スイスの名優ブルーノ・ガンツをおじいさん役に迎えて新しい実写映画が制作中です（二〇一五年末に公開予定）。

第五章では、『ハイジ』の陰に隠れてほとんど忘れ去られているシュピーリの他作品が、丁寧に読み解かれています。初期の短編集『故郷を失って』に収録されている『シルス湖とガルダ湖のほとりで』が、とくにヴィスメールさんのおすすめ作品です（ヴィスメールさんはこの短編を「ハイジを予告する物語」と呼び、自らフランス語に訳しています）。この物語をはじめ、強烈なホームシックに苦しみ、ここではない場所に激しい憧れを抱く少年少女がシュピーリ作品には頻繁に登場しますが、興味深いことに、憧れを向けられる対象は必ずしも「スイス」「アルプス」には限定されず、逆にスイスの山が病気や死に結びつけられることさえあります。健康になるためには山を離れなければならない場合もあるわけです。『ハイジ』を特徴づける「アルプスの山＝健康」という図式は、じつはシュピーリにとっては必然的なものではなかったのです。

＊

以上がこの本の概要ですが、「ハイジが大好き」という読者の方がうっかりこの本を開いたら、不快に感じることがあるかもしれません。そこで読者が目にするのは、ハイジという純粋無垢な存在への礼賛ではなくて、そういった純粋なものを求めてしまう人間の欲望のありかです。そして、「ハイジ」の名前とイメージが今日の出版業界や映画業界、あるいは観光産業や各種キャラクターグッズ産業にめいっぱい利用されているありさまです。

ただしこの本は、世界中のハイジ・ファンを攻撃したり、嘲笑したりする本ではけっしてありません。ヴィスメールさんがめざすのは、「ハイジ」をめぐる「神話」の解体や破壊ではないのです。その「神話」にひとたび批判的な視線を向けたうえで、しかしそれを（「上から目線」で）断罪するのではなく、あえて自分自身もそこに参加して、いっしょに面白がってみることなのです。

著者のヴィスメールさんと最初にお会いしたのは、二〇一四年の四月末から開催されたジュネーヴ国際ブックフェアでのことでした。五日間で約十万人の人出が見込まれるというこの巨大イベントでは、日本・スイス国交樹立一五〇周年を記念して、招待国として日本ブースが特設されていました。このブースの企画の一環で、「ハイジと日本」をテーマにヴィスメールさんと公開討論する機会に恵まれたのです。

この本の第四章で述べられているような、日本の伝統的な自然観・宗教観とハイジの世界に親和性があるという見方に私はかなり批判的でしたが、忌憚ない議論を交わすうちに、ヴィスメールさんの柔軟な思考力とあふれる好奇心——何でも自分の目で見て、体験してみようとする姿勢——に心底感服しました。また、普段はドイツ文学研究者の視点でドイツ語圏の側から『ハイジ』をめぐる現象を見がちだっただけに、ヴィスメールさんが提示するフランス語圏からの視点はきわめて刺激的でした。それで、ぜひこの本を日本語に訳して日本の読者の反応を見てみたいと思うようになりました。

この本の翻訳にあたっては、基本的にドイツ語訳を底本としましたが、必要に応じて原書を参照しました。ただし、ドイツ語版ではドイツ人読者のニーズに合わせて原注の追加や削除を行っているのに対し、本訳書では注については原書に準拠することにしました。また日本人読者の便を鑑み、原著者の許諾を得て文章中に小見出しを追加しました。なお、序文（「日本の読者のみなさんへ」）は日本語版のために新たに書き下ろしてもらいました。

日本語版の企画から実現に至るまで、ヴィスメールさんには全面的なサポートを頂戴し、翻訳の過程で生じた疑問にもそのつど丁寧に答えていただきました。惜しみない助力に心から感謝します。末筆ながら、晃洋書房の丸井清泰さんと阪口幸祐さんには、時間が切迫するなか大変お世話になりました。改めてお礼を申し上げます。

二〇一四年冬、京都にて

川島　隆

《著者紹介》

ジャン＝ミシェル・ヴィスメール（Jean-Michel Wissmer）

1956 年，ジュネーヴに生まれる．スペイン語文学を専攻し，ジュネーヴ大学にて博士号を取得．メキシコに関する著作多数．これまでジュネーヴ大学，ローザンヌ大学，カルヴァン大学（ジュネーヴ）で講義を担当．現在，小説家・劇作家としても活動中．

La Poupée Katchina. Une Genevoise en Amérique (1949–1950) (Slatkine, Genève, 2008).

Emmenez-moi à l'Ange! Un journal mexicain (Bartillat, Paris, 2006).

La Religieuse mexicaine. Sor Juana Inés de la Cruz ou le scandale de l'écriture (Metropolis, Genève, 2000).

《訳者紹介》

川島　隆（かわしま　たかし）

京都大学大学院文学研究科博士後期課程研究指導認定退学，博士（文学）

現在，京都大学大学院文学研究科准教授

『図説アルプスの少女ハイジ――『ハイジ』でよみとく 19 世紀スイス』（共著），河出書房新社，2013 年

ハイジ神話
――世界を征服した「アルプスの少女」――

2015年 4 月10日　初版第 1 刷発行

＊定価はカバーに表示してあります

訳者の了解により検印省略

著　者　ジャン＝ミシェル・ヴィスメール
訳　者　川　島　　隆
発行者　川　東　義　武

発行所　株式会社　晃　洋　書　房

〒615-0026　京都市右京区西院北矢掛町 7 番地
電話　075（312）0788 番(代)
振替口座　01040-6-32280

ISBN978-4-7710-2602-5

印刷　創栄図書印刷(株)
製本　(株)藤沢製本

参考文献

ヨハンナ・シュピーリ（Johanna Spyri）作品リスト（刊行年代順）

（大）＝大人向け

（女）＝少女小説

（子）＝児童文学

	書名	仏訳題名（例）	邦訳題名（例）
1871	『フローニの墓に捧げる一葉』（大） *Ein Blatt auf Vrony's Grab*		
1872	『父の家へ！』（大）*Nach dem Vaterhause!* 「故郷で，そして異郷で」 Daheim und in der Fremde 「マリー」Marie		
1873	『幼いころから』（大）*Aus früheren Tagen*		
	『彼らの一人をも忘れず』（大） *Ihrer Keines vergessen*		
	『迷って，見いだされて』（大） *Verirrt und gefunden* 「フローニの墓に捧げる一葉」 「彼らの一人をも忘れず」 「幼いころから」 「故郷で，そして異郷で」 「マリー」		
1878	『故郷を失って』（子）*Heimathlos* 「シルス湖とガルダ湖のほとりで」 Am Silser- und am Gardasee 「ヴィーゼリの道はどうして見つかるか」 Wie Wiseli's Weg gefunden wird	*Seuls au monde* En quête d'une patrie Comment Wiseli trouva son chemin	 小さなバイオリンひき ヴィーゼリの幸福
1879	『遠近から』（子）*Aus Nah und Fern* 「母の歌」Der Mutter Lied 「ペッピーノ，あわや強盗事件」 Peppino, fast eine Räubergeschichte		 母の歌 南国の子供たち
	『消息は絶えたが，忘れずに』（女） *Verschollen, nicht vergessen*		
1880	『ハイジの修業時代と遍歴時代』（子） *Heidi's Lehr- und Wanderjahre*	*Heidi*	アルプスの山の娘

	『ローヌの谷で』（女）*Im Rhonethal*		
1880	『我らの国から』（子）*Aus unserem Lande* 「内で，また外で」 Daheim und wieder draußen 「ヴァルトハウゼンのできごと」 Wie es in Waldhausen zugeht		はんのき屋敷の少女 おてんば娘カーティ
1881	『日曜日に』（大）*Am Sonntag*	*Dimanche*	
	『ハイジは習ったことを役立てる』（子） *Heidi kann brauchen, was es gelernt hat*	*Encore Heidi*	アルプスの山の娘
	『ティトスおじさんの夏の転地』（子） *Ein Landaufenthalt von Onkel Titus*		アルプスの白ゆり
1882	『短編集』（子）*Kurze Geschichten für Kinder und auch für Solche, welche die Kinder lieb haben* 「柳のヨーゼフ」Weiden-Joseph 「薔薇のレースリ」Rosen-Resli 「カンターグルントのトーニ」 Der Toni von Kandergrund 「神だけを友とする者を，神はいたるところで助けたまう！」 Und wer nur Gott zum Freunde hat, dem hilft er allerwegen! 「安全に守られて」In sicherer Hut	*Courts récits* Chez Joseph le vannier Réseli aux roses Toni de Kandegrund Les Petits Chanteurs de Nouvel An Bien gardée	 羊のゆくえ バラの乙女 石小屋のトニー お正月の豆歌手 ゼプリーのてがら
1883	『グリトリの子どもたちはどこへ行ったか』（子） *Wo Gritlis Kinder hingekommen sind*	*Les Enfants de Gritli* (1)	ぼくたちの仲間
1884	『グリトリの子どもたちは先へ行く』（子） *Gritlis Kinder kommen weiter*	*Les Enfants de Gritli* (2)	ぼくたちの仲間
	『民衆文庫』（大）*Zwei Volksschriften* 「金言」Ein goldener Spruch 「行きたがらないところに行った次第」 Wie einer dahin kam, wo er nicht hin wollte		
	『ジーナ』（女）*Sina*	*Sina*	
1885	「ある弁護士の生涯より」（大） Aus dem Leben eines Advocaten		
1886	『短編集　その二』（子）*Kurze Geschichten für Kinder und auch für Solche, welche die Kinder lieb haben.* Zweiter Band	*Nouveaux récits*	

	「ヤギ飼いのモニ」Moni der Geissbub 「おばあさんの教え」 Was der Grossmutter Lehre bewirkt 「ティースは何かになる」 Vom This, der doch etwas wird 「大岩」Am Felsensprung 「ザーミは小鳥たちと歌う」 Was Sami mit den Vögeln singt	Moni le chevrier La Leçon de la Grand-mère This le simple Au saut du rocher	アルプスの少年 おばあさんの教え 山の天使ティス あにといもうと ザミ，小鳥とともに歌う
1887	『彼女は何になるのか？』（女） *Was soll denn aus ihr werden?*		少女ドリ
1888	『アルトゥールとリス娘』（子） *Arthur und Squirrel*		小さな友情
1889	『スイスの山々から』（子） *Aus den Schweizer Bergen* 「ヒンターヴァルトで」In Hinterwald 「イントラの仙女」Die Elfe von Intra 「陽気なヘリブリ」 Vom fröhlichen Heribli	*Dans les Alpes* À Hinterwald La Fée d'Intra Le Joyeux Héribli	 アルプスの学校 ばら園の仙女 明るいヘルプリ
	『彼女は何になったか』（女） *Was aus ihr geworden ist*		
1890	『コルネリは教育される』（子） *Cornelli wird erzogen*	*Kornelli*	コルネリの幸福
	『誰も人助けができないほど小さくはない』（子）*Keines zu klein, Helfer zu sein* 「みんなに慰めを」Allen zum Trost 「ラウリの病気」Lauris Krankheit 「クロメリンとカペラ」 Cromelin und Capella	*Bons camarades* Eveli La Maladie de Lauri Cromelin et Capella	 けなげなエーヴェリ 白い子犬 山のかなた
1891	『民衆文庫　その二』（大） *Volksschriften.* Zweiter Band 「ロイヒテンゼーで」In Leuchtensee 「ゴルトハルデはどうなったか」Wie es mie der Goldhalde gegangen ist		
1892	『ヴィルデンシュタイン城』（子） *Schloß Wildenstein*	*Le Sourire de Heidi*	ふしぎな城
1894	『レーザ家の一人』（子） *Einer vom Hause Lesa*		山の上の笛
1901	『シュタウファーの水車小屋』（子） *Die Stauffer-Mühle*		

『ハイジ』原書と翻訳

Heidi's Lehr- und Wanderjahre. Eine Geschichte für Kinder und auch für Solche, welche die Kinder lieb haben, Gotha, Perthes, 1880.

Heidi kann brauchen, was es gelernt hat. Eine Geschichte für Kinder und auch für Solche, welche die Kinder lieb haben, Gotha, Perthes, 1881.

『ハイジ　完訳版』（若松宣子訳）偕成社［偕成社文庫］，2014 年（全 2 冊）

本書で引用したシュピーリ作品の収録先

Heimathlos. Zwei Geschichten für Kinder und auch für Solche, welche die Kinder lieb haben, Gotha, Perthes, 1878.（「シルス湖とガルダ湖のほとりで」「ヴィーゼリの道はどうして見つかるか」）

Kurze Geschichten für Kinder und auch für Solche, welche die Kinder lieb haben, Gotha, Perthes, 1882.（「柳のヨーゼフ」「カンダーグルントのトーニ」）

Kurze Geschichten für Kinder und auch für Solche, welche die Kinder lieb haben. Zweiter Band, Gotha, Perthes, 1886.（「おばあさんの教え」「大岩」）

Sina. Eine Erzählung für junge Mädchen, Stuttgart, Krabbe, 1884.（『ジーナ』）

Wo Gritlis Kinder hingekommen sind. Eine Geschichte für Kinder und auch für Solche, welche die Kinder lieb haben, Gotha, Perthes, 1886.（『グリトリの子どもたちはどこへ行ったか』）

Keines zu klein, Helfer zu sein. Geschichten für Kinder und auch für Solche, welche die Kinder lieb haben, Gotha, Perthes, 1890.（「クロメリンとカペラ」）

Volksschriften von Johanna Spyri. Zweiter Band, Gotha, Perthes, 1891.（「ゴルトハルデはどうなったか」）

シュピーリ作品仏訳（選）

Heidi. Traduit de l'allemand avec l'autorisation de l'auteur, Bâle, Georg, sans date.

Encore Heidi. Traduit de l'allemand avec l'autorisation de l'auteur, Bâle et Genève, Georg, 1882.

Heidi, années d'apprentissage et de voyage, Zurich, Silva, 1944.

Heidi: monts et merveilles et *Heidi devant la vie*, Paris, Écoles des loisirs, 1979.

Heidi, Paris, Gallimard Jeunesse, chefs-d'œuvre universels, 1995.

Heidi, adaptation de Peter Stamm, Genève, La Joie de lire, 2009.

Heidi, Lectures de toujours, Paris, Gründ, 2011.

Sina. Nouvelle pour les jeunes filles, Bâle, Genève et al., Georg, 1886.

Les Enfants de Gritli. Histoire pour les enfants et pour ceux qui les aiment, Bâle et Genève, Georg, sans date.

Les Enfants de Gritli, deuxième partie. Histoire pour les enfants et pour ceux qui les aiment, Bâle et Genève, Georg, 1889.
Courts Récits (*Chez Joseph le vannier*; *Réseli aux roses*; *Toni de Kandergrund*; *Bastien et Franceline*; *Bien gardée*), Bâle et Genève, Georg, 1890.
Nouveaux Récits (*Moni le chevrier*; *La Leçon de la Grand'mère*; *This le simple*; *Au saut du rocher*), Bâle et Genève, Georg, 1891.
Aux Champs (*Le Guéret d'or*; *Dimanche*), Bâle, Genève et Lyon, Georg, 1896.
Bons Camarades (*Eveli*; *Cromelin et Capella*; *La Maladie de Lauri*), Bâle, Genève et Lyon, Georg, 1897.
Dans les Alpes (*A Hinterwald*; *La Fée d'Intra*; *Le Joyeux Héribli*), Bâle, Genève et Lyon, Georg, 1918.
Seuls au monde (*En quête d'une patrie*; *Comment Wiseli trouva son chemin*), F. A. Perthes, Gotha, sans date.
Moni, le petit pâtre de la montagne (contient aussi *Une bonne leçon*; *Les petits chanteurs de Nouvel An*), Strasbourg, Oberlin, 1948.
Sina. Roman pour les adolescents, Lausanne, Spes, 1953.

シャルル・トリッテン（Charles Tritten）によるシュピーリ作品仏訳

Heidi, la merveilleuse histoire d'une fille de la montagne. Traduction nouvelle, Paris, Flammarion, 1933.
Heidi grandit. Suite de *La merveilleuse histoire d'une fille de la montagne* avec fin inédite du traducteur. Adaptation nouvelle, Paris, Flammarion, 1934.
Sans patrie. Nouvelle traduction, Paris, Flammarion, 1937.
Une nouvelle patrie, Paris, Flammarion, 1937.
Kornelli suivi de Chez Joseph le Vannier et La Métamorphose de This, Paris, Flammarion, 1940.
Heidi, la merveilleuse histoire d'une fille de la montagne, Paris, Flammarion-Jeunesse, 1958.
Heidi grandit. Suite de *La merveilleuse histoire d'une fille de la montagne*, avec fin inédite du traducteur, Paris, Flammarion-Jeunesse, 1958.
Au pays de Heidi, Paris, Flammarion-Jeunesse, 1958.

シャルル・トリッテンによる『ハイジ』続編

Heidi, jeune fille. Suite inédite de *Heidi* et *Heidi grandit* de Spyri, par le traducteur. Paris, Flammarion, 1936.
Heidi et ses enfants. Suite inédite de *Heidi* et *Heidi grandit* de J. Spyri et de *Heidi jeune fille*, Paris, Flammarion, 1939.

Heidi jeune fille. Suite inédite de *Heidi* et *Heidi grandit* de J. Spyri, Paris, Flammarion-Jeunesse, 1958.

Heidi et ses enfants. Suite inédite de *Heidi* et *Heidi grandit* de J. Spyri et de *Heidi jeune fille* de Charles Tritten, Paris, Flammarion-Jeunesse, 1958.

それ以外の著者による『ハイジ』続編

Réa, *Heidi Grand'mère*, Genève, Henri Studer, sans date.

Gara, Nathalie, *Le Sourire de Heidi*, Paris, Flammarion, 1955.

Réa, *Heidi Grand'mère.* Suite inédite de *Heidi* et *Heidi grandit* de J. Spyri, *Heidi jeune fille* et *Heidi et ses enfants* de Charles Tritten, Paris, Flammarion-Jeunesse, 1958.

Gara, Nathalie, *Le sourire de Heidi*, Paris, Flammarion-Jeunesse, 1959.

メタ・ホイサー（Meta Heusser-Schweizer）の著作

Lieder einer Verborgenen, Leipzig, Otto Holtze, 1858.

Gedichte, Basel, P. Kober C. S. Spittlers Nachfolger, 1898.

ヨハンナ・シュピーリおよびメタ・ホイサー関連文献

Gros, Christophe, « Heidi de Dörfli ou la Suissesse missionnaire de la pureté alpestre », dans: *Terres de femmes* (ouvrage collectif), Itinéraires Amoudruz VI, Genève, Musée d'Ethnographie, Annexe de Conches, 1989.

Francillon, Roger, « Heidis Metamorphosen », in: *Heidi—Karrieren einer Figur*, S. 237-251.

Halter, Ernst (Hg.), *Heidi—Karrieren einer Figur*, Zürich, Offizin, 2001.

Nières-Chevrel, Isabelle, « Relire Heidi aujourd'hui », dans: *Strenæ* [en ligne], 2-2011, mis en ligne le 21 juin 2011. URL: http://strenae.revues.org/266.

Nières-Chevrel, Isabelle, « Heidi en France: un rendez-vous manqué », dans: *Johanna Spyri und ihr Werk—Lesarten*, pp. 117-137.

Schindler, Regine, *Johanna Spyri, Spurensuche*, Zürich, Pendo, 1997.

Schindler, Regine (Hg.), *Die Memorabilien der Meta Heusser-Schweizer (1797-1876)*, Zürich, Neue Zürcher Zeitung, 2007.

Schweizerisches Institut für Kinder- und Jugendmedien (Hg.), *Johanna Spyri und ihr Werk—Lesarten*, Zürich, Chronos, 2004.

Stockar-Bridel, Denise von, « Les débuts de *Heidi* en suisse romande: Camille Vidart », dans: *Johanna Spyri und ihr Werk—Lesarten*, pp. 107-116.

Stockar-Bridel, Denise von, « Sophie et Heidi, miroir de leurs auteurs », dans: *Les Cahiers Robinson*, 9/2001: [*La Comtesse de Segur et ses alentours.* Actes du

colloque international « La comtesse de Ségur et les romancières de la Bibliothèque rose », septembre 1999, Numéro dirigé par Isabelle Nières-Chevrel, Université de Rennes II, 2001], pp. 193-200.

Villain, Jean, *Der erschriebene Himmel. Johanna Spyri und ihre Zeit*, Zürich, Nagel & Kimche, 1997.

Winkler, Jürg, *Johanna Spyri. Aus dem Leben der « Heidi »-Autorin*, Zürich, Albert Müller, 1986.

Winkler, Jürg u. Fröhlich, Roswitha, *Johanna Spyri, Momente einer Biographie. Ein Dialog*, Zürich, Arche, 1986.

Zeller, Hans u. Zeller, Rosmarie (Hg.), *Johanna Spyri—Conrad Ferdinand Meyer, Briefwechsel 1877-1897*, Kilchberg, Romano, 1977.

その他の参考文献

L'Alpe, n° 20. *Enfants des montagnes*, Grenoble, Glénat, juillet-septembre 2003.

Altmann, Johann Georg et al., *L'état et les délices de la Suisse, en forme de relation critique, par plusieurs auteurs célèbres*, Amsterdam, Wetsteins et Smith, 1730.

Anthologie romande de la littérature alpestre, Lausanne, Bibliothèque romande, 1972.

Ariès, Philippe, *L'enfant et la vie familiale sous l'Ancien Régime*, Paris, Seuil, 1973. フィリップ・アリエス『〈子供〉の誕生——アンシァン・レジーム期の子供と家族生活』(杉山光信／杉山恵美子訳) みすず書房, 1980 年.

Assouline, Pierre, *Hergé*, Paris, Plon, 1996.

Azam, Étienne Eugène, *Hypnotisme, double conscience et altérations de la personnalité*, Paris, L'Harmattan, 2004.

Bethlenfalway, Marina, *Les visages de l'enfant dans la littérature française du XIXe siècle. Esquisse d'une typologie*, Genève, Droz, 1979.

Bettelheim, Bruno, *Psychanalyse des contes de fées*, Paris, Robert Laffont (Pocket), 1976. ブルーノ・ベッテルハイム『昔話の魔力』(波多野完治／乾侑美子訳) 評論社, 1978 年.

Büttner, Peter, *Das Ur-Heidi—Eine Enthüllungsgeschichte*. Mit der Erzählung « Adelaide, das Mädchen vom Alpengebirge » von Hermann Adam von Kamp, Berlin, Insel, 2011. ペーター・ビュトナー『ハイジの原点　アルプスの少女アデライーデ (付：ヘルマン・アダム・フォン・カンプ作「アルプスの少女アデライーデ」)』(川島隆訳) 郁文堂, 2013 年.

Chambrier, Alice de, *Poèmes choisis*, Lausanne, L'Âge d'Homme, 2007.

Commission des Verbandes „Arbeiterwohl", *Das häusliche Glück—Vollständiger Haushaltungsunterricht nebst Anleitung zum Kochen für Arbeiterfrauen. Zugleich ein nützliches Hülfsbuch für alle Frauen und Mädchen, die „billig und gut"*

haushalten lernen wollen, 10., verb. Aufl., Leipzig, M. Gladbach, 1882.
Comtesse de Ségur, *Les Petites Filles modèles*, Paris, Casterman, 2003.
Cornuz, Michel, *Le protestantisme et la mystique. Entre répulsion et fascination*, Genève, Labor et Fides, 2003.
Desbordes-Valmore, Marceline, *Œuvres poétiques* (I), Genève, Slatkine, 1975.
Dumont, Hervé, *Histoire du cinéma suisse, Films de fiction (1896–1965)*, Lausanne, Cinémathèque suisse, 1987.
Ebel, Johann Gottfried, *Anleitung, auf die nützlichste und genußvollste Art die Schweiz zu bereisen*, Zürich, Orell Füssli, 1809.
Ferrari-Clément, Josiane, «Du ménage à l'école, de l'école au ménage», dans: *Le Guide des femmes disparues / Forgotten Women of Geneva*, Genève, Metropolis, 1993, pp. 79–97.
Foucault, Michel, *Histoire de la folie à l'âge classique*, Paris, Gallimard, 1972. ミシェル・フーコー『狂気の歴史——古典主義時代における』(田村俶訳) 新潮社, 1975年.
Guinard, Mavis, *Petit guide de la Suisse insolite*, Genève, Metropolis, 2007.
Haller, Albrecht von, *Versuch Schweizerischer Gedichte*, Bern, Herbert Lang, 1969.
Handwerker Küchenhoff, Barbara u. Lier, Doris (Hg.), *Stadt der Seelenkunde: Psychoanalyse in Zürich*, Basel, Schwabe, 2012.
Heller, Geneviève, *«Propre en ordre». Habitation et vie domestique 1850–1930: l'exemple vaudois*, Lausanne, Éditions d'En Bas, 1979.
Igarashi, Yumiko, *Heidi*, Grenoble, Glénat, 2010.
Kamp, Hermann Adam von, *Adelaide, das Mädchen vom Alpengebirge*, Vättis, Offizin Parnassia, 2011.
Keller, Gottfried, Romeo und Julia auf dem Dorfe, Stuttgart, Reclam, 2002. ケラー『村のロメオとユリア』(草間平作訳) 岩波書店 [岩波文庫], 1953年.
Kunstmuseum Bern, *Albert Anker. Schöne Welt*, Ausstellungskatalog (7. Mai–5. September 2010), Bern, Stämpfli Verlag, 2010.
Langer-Würben, Bernd, *Hiersein ist herrlich, Literaten zu Gast in Bad Ragaz-Pfäfers*, Bad Ragaz, Buchdruck, 1982.
Mathieu, Jon u. Boscani Leoni, Simona (Hg.), *Die Alpen! Zur europäischen Wahrnehmungsgeschichte seit der Renaissance*, Bern, Peter Lang, 2005.
Mesmer, Betrix et Andrey, Georges, *Nouvelle histoire de la Suisse et des Suisses*. Tome III, Lausanne, Payot, 1983.
Métraux, Guy S., *Le ranz des vaches. Du chant des bergers à l'hymne patriotique*, Lausanne, Éditions 24 heures, 1984.
Pestalozzi, Johann Heinrich, *Léonard et Gertrude*, parties I à IV (2 volumes), Neuchâtel, La Baconnière, 1947–1948.

Piaget, Jean, *La représentation du monde chez l'enfant*, Paris, PUF, 2008. ジァン・ピアジェ『児童の世界観』(大伴茂訳) 同文書院, 1955年.

Porter, Eleanor H., *Pollyanna*, Boston, The Page Company, 1913. エレナ・ポーター『少女パレアナ』(村岡花子訳) 角川文庫, 1962年.

Reichler, Claude, *La découverte des Alpes et la question du paysage*, Genève, Georg, 2002.

Reichler, Claude et Ruffieux, Roland, *Le Voyage en Suisse*, Paris, Robert Laffont (Bouquins), 1998.

Robert, Marthe, *Roman des origines et origines du roman*, Paris, Gallimard, 1972. マルト・ロベール『起源の小説と小説の起源』(岩崎力／西永良成訳) 河出書房新社, 2000年.

Rousseau, Jean-Jacques, *La Nouvelle Héloïse* (I), Paris, Gallimard (Folio classique), 1993. ルソー『新エロイーズ』(安士正夫訳) 岩波書店 [岩波文庫], 1960年.

Tersteegen, Gerhard, *Vom Kinderwerden*, in: Ders., *Weg der Wahrheit*, Solingen, Schmitz, 1768.

Tournier, Michel, *Les Météores*, Paris, Gallimard, 1975. ミシェル・トゥルニエ『メテオール (気象)』(榊原晃三／南條郁子訳) 国書刊行会, 1991年.

Vallès, Jules, L'Enfant, Paris, Garnier-Flammarion, 1968. ジュール・ヴァレス『子ども』(朝比奈弘治訳) 岩波書店 [岩波文庫], 2012年.

Vinet, Alexandre, *Famille, éducation, instruction.* Recueil d'articles, de discours et de fragments, publiés, d'après les éditions originales et les manuscrits, par Ph. Bridel, Lausanne, Payot, 1925.